世界広布の大道

小説「新・人間革命」に学ぶ

IV

16巻〜20巻

聖教新聞社

目次

SOKA GAKKAI
SEIKYO SHIMBUN

挿絵　内田健一郎
イラスト　間瀬健治
装幀　株式会社プランク

一、本書は、「聖教新聞」に連載の「世界広布の大道　小説『新・人間革命』に学ぶ」（二〇二〇年二月五日〜二〇二〇年六月二十四日付）を収録した。

一、御書の御文は、『新編　日蓮大聖人御書全集』（創価学会版、二七五刷）、法華経の経文は、『妙法蓮華経並開結』（創価学会版、第二刷）に基づき、（御書〇〇㌻）、（法華経〇〇㌻）と示した。

一、『新・人間革命』の本文は、聖教ワイド文庫の最新刷に基づき、（〇㌻）と示した。

一、編集部による注は、（＝　　）と表記した。

編集部

『新・人間革命』

第16巻

「聖教新聞」連載
（2004年5月26日付～12月29日付）

第16巻

基礎資料編

各章のあらすじ

物語の時期

1972年（昭和47年）1月1日～10月

創価学会は、1972年（昭和47年）を「地域の年」と定め、立正安《りっしょうあん》国《こく》を実現する基盤《きばん》づくりに力《ちから》を注《そそ》いでいった。

山本伸一《やまもとしんいち》は、今こそ、全同志の胸《むね》に、永遠に崩《くず》れぬ信心の柱《はしら》を打ち立てねばならないと決意し、元日の新年勤行会、2日の全国大学会総会に出席。また、最前線組織のブロックを強化し、信心の歓喜《かんき》をみなぎらせていこうと、ブロック長、ブロック担当員《たんとういん》（現在の白ゆり長）との記念撮影《きねんさつえい》等に全力を傾《かたむ》けていく。

1月15日、東京・新宿区の記念撮影会では、学会本部を擁《よう》する〝本陣《ほんじん》〟の使命を語る。

「入魂《にゅうこん》」の章

さらに、一緒《いっしょ》に記念撮影した青年部を「一・一五グループ」とし、新成人のメンバーで「新宿成人会」を結成する。

29日、祖国復帰を5月に控《ひか》えた沖縄へ。

3泊《ぱく》4日の訪問《ほうもん》であったが、第一線で戦う友を励《はげ》まし抜く。

さらに彼は、東京の葛飾《かつしか》、荒川の友を激励し、千代田の記念撮影会では、集ったメンバーで「千代田七百五十人会」を結成。また、関東、関西などでも「入魂《にゅうこん》」の指導を続ける。伸一の心に応《こた》えようと、各地で庶民《しょみん》の英雄《えいゆう》が立ち上がっていく。

「対話」の章

1972年（昭和47年）4月、山《やま》本伸一《もとしんいち》は欧米訪問《おうべいほうもん》へ旅立つ。この旅の最大の目的は、20世紀を代表するイギリスの歴史学者トインビー博士との対談であった。

69年（同44年）秋、博士から伸一に対談を要請《ようせい》する手紙が届《とど》く。人類が直面している諸問題《しょもんだい》を解決する方途《ほうと》を求め、博士は創価学会に注目。伸一をロンドンへと招待したのだ。

72年5月、伸一はパリ本部の開館式等に臨《のぞ》み、5日、トインビー博士の自宅《じたく》を訪《たず》ねる。偉大《いだい》な碩学《せきがく》と、若《わか》き仏法指導者の対談が始まった。

世代も文化的な背景《はいけい》も異《こと》なるが、人類の未来を憂《うれ》える二人の心は共《きょう》鳴《めい》した。生命論、歴史論、芸術論等々、談論《だんろん》は尽《つ》きず、博士の強い希望で、翌年《よくねん》5月、伸一は再びロンドンへ。2年越《ねんご》し40時間に及《およ》ぶ、この語らいは、その後、対談集『二十一世紀への対話』（邦題《ほうだい》）として結実する。

博士は伸一に、対話こそ人類を結《むす》ぶものであり、〝世界に対話の旋《せん》風《ぷう》を〟と望んだ。

以来、伸一は、世界の知性や指導者をはじめ、「世界との対話」を広げていく。

人間を隔《へだ》てるあらゆる障壁《しょうへき》を超《こ》え、心を結び、世界を結んでいくのであった。

「羽《は》ばたき」の章

欧米訪問《おうべいほうもん》から帰国した山本伸一《やまもとしんいち》は、1972年（昭和47年）6月には、関西・四国、北海道へ。7月、豪雨《ごうう》で大きな被害《ひがい》が出ていた東北へ向かう。

9日、仙台に到着《とうちゃく》した伸一は、被害が最も大きい秋田での記念撮《きねんさつ》影会《えいかい》を中止し、迅速《じんそく》に被災《ひさい》地域への激励《げきれい》の手を打つ。10日には山形を訪問し、記念撮影会に出席。さらに、翌《よく》11日には、秋田へ。同志の心に、苦難《くなん》に負けない勇気の新《しん》風《ぷう》を送っていく。

また、中国地方をはじめ、各地に救援《きゅうえん》本部が置かれる。自らも被災しながら、救援に奮闘《ふんとう》する学会員の姿に、感謝と信頼《しんらい》が広がっていった。

10月、総本山に伸一が発願主《ほつがんしゅ》となって建立《こんりゅう》寄《き》進《しん》した、日蓮大聖人《にちれんだいしょうにん》ご遺命《ゆいめい》の戒壇《かいだん》となる正本堂《しょうほんどう》が完成。民衆《みんしゅう》が人類の平和と繁栄《はんえい》を祈る、大殿堂《だいでんどう》である。

世界の同志が集い、盛大《せいだい》な式典が挙行《きょこう》された。

しかし、1998年（平成10年）、創価の師弟の分断を企《くわだ》てた〝法《ほっ》主《す》〟の日顕によって、正本堂は解体。それは、宗門《しゅうもん》による、800万信徒の赤誠《せきせい》を踏《ふ》みにじる暴挙《ぼうきょ》であった。

学会は、暴虐《ぼうぎゃく》の嵐《あらし》を勝ち越《こ》え、人間主義の世界宗教《せかいしゅうきょう》として、21世紀の大空へ羽ばたいていく。

「友よ強く」

友よ強く雄々《おお》しく立てよ
僕《ぼく》が信ずる君《きみ》が心を
苦《くる》しき仕事　深夜の勉強
これも修行ぞ　苦《く》は楽し
君が信念　情熱を
仏《ほとけ》は　じっとみているぞ

友よ負けるな希望を高く
僕が信ずる君が心を
努力　努力　また努力
あの日の誓《ちか》い忘れるな
君の意気と若《わか》さとで
断じて進め　あくまでも

友よ忘るな微笑《ほほえみ》を
僕が信ずる君が心を
清らかに　夢みつつ
進みゆく君が心の美しさ
ああ　わが友よ強く
君が友よ

〈1972年（昭和47年）2月20日、東京・荒川区の記念撮影会《きねんさつえいかい》で、伸一《しんいち》が青年時代に作詩した「友よ強く」に曲を付けた歌を、高等部員が合唱する〉

神奈川の会員宅を訪問した折のことである。その家の婦人から、家計を助けるために他県に働きに出ている、十代半《なか》ばの子息《しそく》から来た手紙を見せられた。

手紙には、一部屋《ひとへや》で数人が共同生活しており、勤行《ごんぎょう》をするにも、大変に苦労していることがつづられていた。

——タオルと石鹸《せっけん》を持って、風呂《ふろ》に行くと言っては裏山《うらやま》に登り、そこで勤行をしているというのである。

手紙を読み終えると、伸一は直《ただ》ちにペンを執《と》った。（中略）それが、「友よ強く」であった。

（「入魂《にゅうこん》」の章、105㌻）

山本伸一の平和旅

1972年4月29日～5月28日

オックスフォード近郊にあるブレナム宮殿を見学（5月10日）

パリのベルサイユ宮殿を視察（5月13日）

ロサンゼルス市内で開催された全米総会（5月21日）

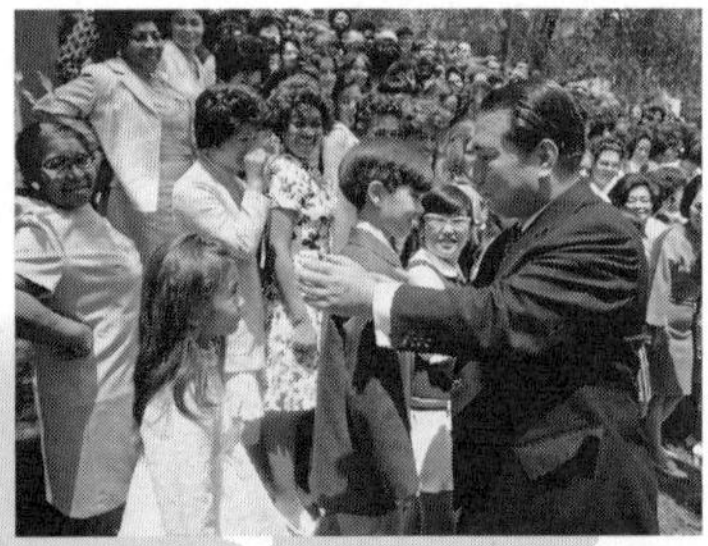

ワシントン会館での記念撮影の折、未来部のメンバーを激励（5月16日）

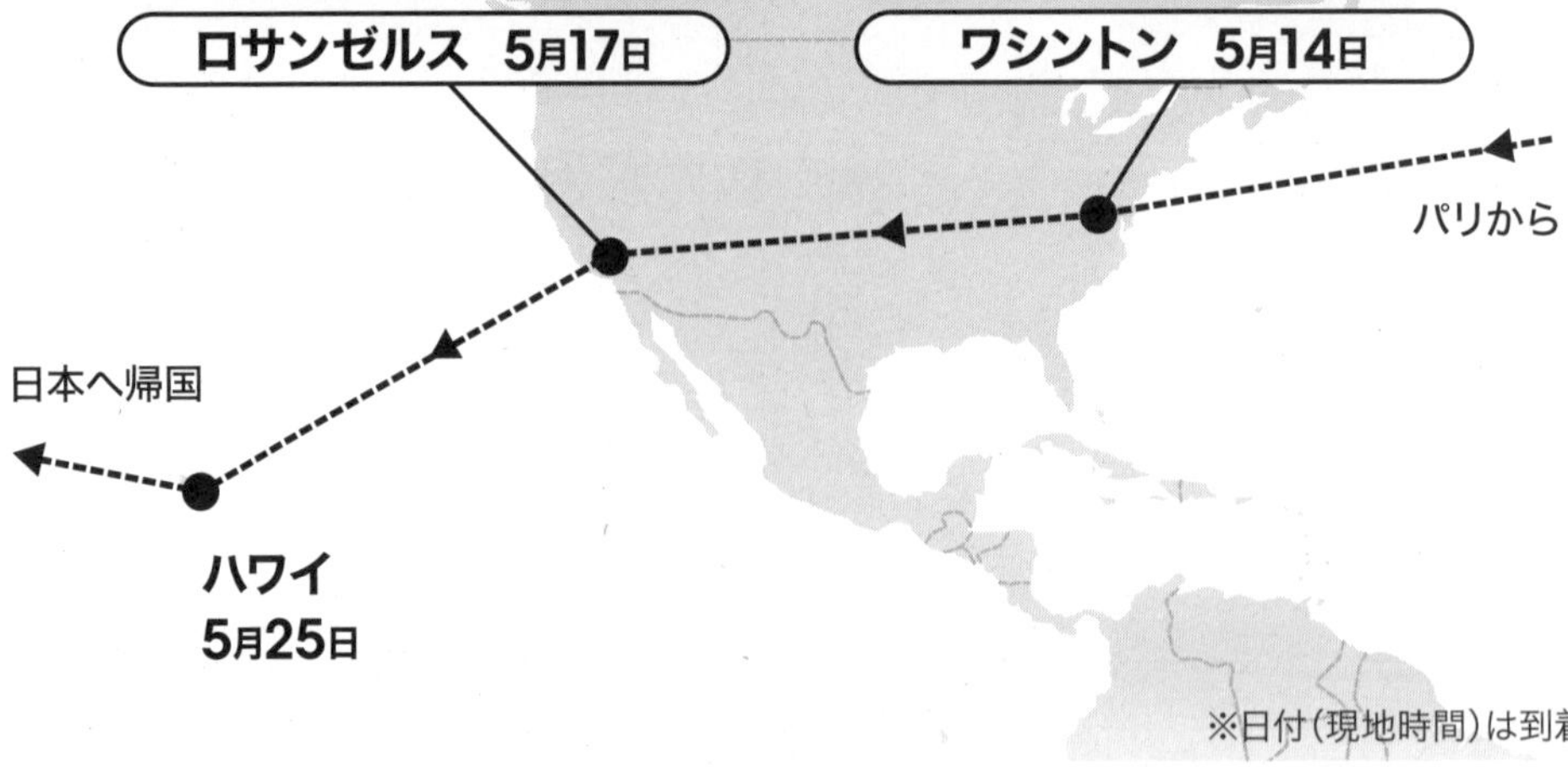

※日付（現地時間）は到着の日

トインビー博士との対談

池田先生とトインビー博士の対談集は現在（2020 年 2 月時点）、世界 29 言語で出版されている。世界の識者にも愛読され、同書を教材として使用する海外の学校もある。

「すでに（高い評価の定まった）『古典』の中に入った」（モスクワ大学のサドーヴニチィ総長）、「人類の教科書ともいえる一書」（中国作家協会の孫立川《そんりっせん》氏）など、高い評価が寄《よ》せられている。

トインビー博士と対談する池田先生
（1973 年 5 月、ロンドンで）

年	月	日	対談関連の事項
1965 年			池田先生が著作『科学と宗教』（英語版）をトインビー博士に贈る
1967 年			トインビー博士が 3 度目の来日。創価学会について多くの人から聞く
1969 年	秋		トインビー博士から、池田先生に対談を望む旨の手紙が届く。 その後、書簡の往復で対談の準備を進める
1972 年	5 月	5 日	池田先生がロンドンにあるトインビー博士の自宅を訪問。 9 日まで、生命論、歴史哲学、芸術論、幸福論、自殺の問題、 東洋医学と仏法などについて語り合う
1973 年	3 月		トインビー博士から、池田先生に招聘状が届く
1973 年	5 月	15 日	池田先生がトインビー博士の自宅を訪問。19 日までの 5 日間、 アフリカ大陸と未来、日本論、中国論、高齢化問題、宗教論、 教育論、民主主義とファシズム、人種問題、文学論、マスコミ論、 食料問題、都市論、人口問題、宇宙論などについて語り合う
1975 年	春		のべ 40 時間に及んだ語らいをまとめた対談集 『二十一世紀への対話』（日本語版）が完成
1976 年			対談集の英語版『CHOOSE LIFE』（生への選択）が、 オックスフォード大学出版局から発刊される

第16巻

名場面編

「入魂《にゅうこん》」の章　青春の苦闘《くとう》こそ生涯《しょうがい》の財産

〈「地域の年」と定めた1972年（昭和47年）、山本伸一《やまもとしんいち》は、最前線の幹部との記念撮影会《きねんさつえいかい》を各地で開催。1月、東京・新宿区の友との撮影会では、男子部に対し、青年の生き方を語った〉

彼（＝山本伸一）は語った。

「私が青年時代に決意したことの一つは、〝広宣流布に生きようと決めた限《かぎ》りは、何があっても文句《もんく》など言うまい〟ということでした。

建設的な意見は大事だが、文句や愚痴《ぐち》は、いくら言っても前進はありません。言えば言うだけ、心《こころ》は荒《すさ》み、自分《じぶん》の意欲《いよく》を削《そ》いでいきます。

また、それは、自分の情《なさ》けなさ、卑屈《ひくつ》さ、無《む》力《りょく》さを吹聴《ふいちょう》しているようなものであり、自《みずか》らの価値を、人格を、下落《げらく》させることになる。しかも、文句や愚痴は周囲を暗くさせ、皆《みな》のやる気までも奪《うば》い、前進の活力《かつりょく》を奪《うば》ってしまう。だから、福運も、功徳《くどく》も消すことになる。

『賢者《けんじゃ》はよろこび愚者《ぐしゃ》は退《しりぞ》く』（御書一〇九一ページ）です。私たちは、何事も莞爾《かんじ》として受け止め、さわやかに、勇《いさ》んで行動していこうではありませんか」

皆が笑顔で頷《うなず》いた。（中略）

「君たちのなかには、日の当たらないアパートの、小さな部屋に住んでいる人もいるでしょう。私も、青年時代は、同じような暮《く》らしでした。

戸田先生の事業は行き詰《づ》まり、学会は存亡《そんぼう》の危機《きき》に瀕《ひん》していた時代でした。へとへとになって部屋に帰っても、寒くて寒くて、しかも、食べる物も何もない。一杯《いっぱい》のお茶さえない。

しかし、私は、毅然《きぜん》として、阿修羅《あしゅら》のごとく、戸田先生のもとで戦いました。日々、血を吐《は》くような思いで、また、泣くような思いで、働きに働き、戦いに戦い、自分の限界に挑《いど》んだ

んです。
〝今日も必ず勝つ！〟〝明日も断じて勝ってみせる！〟と、一日一日、確実に勝利を打ち立てていきました。それが私の、生涯《しょうがい》にわたる財産となりました」（中略）

伸一《しんいち》は、青年こそ、次代《じだい》を託《たく》さねばならない、大事《だいじ》な後継《こうけい》の同志《どうし》であると思うと、ますます魂《たましい》が燃《も》え上《あ》がってくるのである。

「青年《せいねん》が、自分《じぶん》を厳《きび》しい溶鉱炉《ようこうろ》のなかに置《お》かずして、どうやって人格《じんかく》を鍛《きた》えるんですか！

大聖人《だいしょうにん》は『鉄《くろがね》は炎《きたい》打《う》てば剣《つるぎ》となる』（御書九五八㌻）と仰《おお》せです。鍛えがなければ、いつか人生《じんせい》の試練《しれん》に敗《やぶ》れてしまう。それでは不幸《ふこう》です。

青年時代は短い。一瞬《いっしゅん》です。逃《に》げているうちに終わってしまう。勇気をもって、広宣流布に、学会活動に、自分を投《と》じ切《き》ることです！」

「はい！」

凛《りん》とした、決意のこもった返事がこだました。

（「入魂《にゅうこん》」の章、42〜45㌻）

「入魂《にゅうこん》」の章　最高《さいこう》の幸福《こうふく》を心から確信

〈1972年（昭和47年）1月末、山本伸一《やまもとしんいち》は沖縄を訪問《ほうもん》。名護《なご》会館の建設用地で記念撮影が行われた折、名嘉勝代《なかかつよ》という目の不自由《ふじゆう》な女子部員が琴《こと》を演奏《えんそう》。彼女は3年前に、名護の浜辺で、伸一に激励《げきれい》されたメンバーであった〉

彼女は、その時の伸一の指導を、片時《かたとき》も忘《わす》れることはなかった。

「私は断言しておきます。信心を貫《つらぬ》いていくならば、絶対に幸せになれます。

悲しいことが続くと、〝自分は不幸なんだ〟〝自分は弱いんだ〟と決め、自《みずか》ら希望の光を消してしまう人もいる。しかし、その心こそが自分を不幸にしてしまうんです。（中略）

〝信心の眼《まなこ》〟を、〝心の眼〟を開いて、強く生き抜《ぬ》いていくんです。あなたがそうなれば、みんなが希望を、勇気を感じます。あなたは、必ず多くの人の、人生の灯台《とうだい》になっていくんですよ」

彼女の胸に、この時、希望の太陽が昇《のぼ》った。（中略）伸一の指導《しどう》を聞いて、目が不自由であるということも、自《みずか》らの尊《とうと》い使命《しめい》を果《は》たすためなのだと思った。

宿命の転換《てんかん》とは、決《けっ》して自分《じぶん》を離《はな》れ、別人《べつじん》になることではない。自分のありのままの姿《すがた》で、最高《さいこう》の幸福境涯《こうふくきょうがい》をつくりあげていくことなのである。

人間は、広宣流布の使命を自覚することによって、自らが「地涌《じゆ》の菩薩《ぼさつ》」であると知ることができる。また、自身の絶対的幸福を約束する「仏」の生命が具《そな》わっていると確信することができるのだ。それは、自分のもっている最高の幸福に気づくことといってよい。

彼女は、この日、家に帰って唱題しながら、しみじみと自分の幸せをかみしめていた。

〝私は、目は見えない。しかし、それによって、御本尊に巡《めぐ》り合《あ》うことができた。また、私には、広宣流布のために仏法を語り、唱題する口《くち》がある。歩き回ることのできる足がある……。なんと幸せなのだろう〟（中略）

名嘉《なか》は、感謝の思いで唱題しながら、〝広宣流布の役に立てる自分になろう〟と、固く、固く心に誓《ちか》った。（中略）

名護《なご》会館の建設用地で、名嘉は今、無我夢中《むがむちゅう》で琴をつま弾《び》いていた。

演奏が終わった時、真っ先に拍手《はくしゅ》を送ったのは山本伸一《やまもとしんいち》であった。彼女の耳には、伸一の叩《たた》く手の音が、強く、強く、響《ひび》いた。

〝先生、ありがとうございます！〟

名嘉は心で叫《さけ》んだ。（中略）

後年（一九九九年）、彼女は、沖縄県指定の無《む》形《けい》文化財「沖縄伝統音楽箏曲《そうきょく》」の保持者《ほじしゃ》に認定《にんてい》されることになる。

名嘉は、誓いを果《は》たした。彼女は勝ったのだ。

（「入魂《にゅうこん》」の章、95～98ページ）

「対話」の章　〝世界が評価する〟と予見《よけん》

〈1972年（昭和47年）5月、山本伸一《やまもとしんいち》は歴史学者トインビー博士の強い要請《ようせい》を受け、博士の自宅で、多岐《たき》にわたる対談を行《おこな》った。翌年5月にも再び博士宅を訪問《ほうもん》。最終日、伸一は博士に、自身へのアドバイスを求めた〉

博士は、伸一の顔をじっと見つめ、静かに口《くち》を開いた。（中略）

「私は学問の世界の人間です。しかし、あなたは極《きわ》めて重要な組織の責任ある指導者であり、仏法の実践者《じっせんしゃ》として行動されている。〝行動の人〟に対して〝机上《きじょう》の学者〟がアドバイスするなど、おこがましいことです」

伸一は恐縮《きょうしゅく》した。その謙虚《けんきょ》さに胸《むね》を打たれた。博士は、さらに話を続けた。

「したがって、私に言えることは、これだけしかありません。

――ミスター・ヤマモトと私とは、人間がいかに生きるべきか、見解《けんかい》が一致《いっち》した。あとは、あなたが主張された中道《ちゅうどう》こそ、今後、あなたが歩むべき道なのです」（中略）

伸一は、博士に言った。

「今日で私は、トインビー大学の、栄《は》えある卒業生です」（中略）「私は、トインビー先生の生徒として、何点ぐらいとれたでしょうか」

博士は微笑《びしょう》を浮《う》かべ、目を細めて語り始めた。

「イギリスの大学では、成績はギリシャ語の『Α《アルファ》』、『Β《ベータ》』、『Γ《ガンマ》』で評価することがあります」

ここで、咳払《せきばら》いをし、伸一の成績を発表した。

「私は、ミスター・ヤマモトに最優等《さいゆうとう》の『Α』を差し上げます。

『Α』の文字《もじ》は、牛《うし》の頭《あたま》の形《かたち》に由来《ゆらい》しているのです。『Α』を逆《さか》さまにすると、牛の頭にある、二つの角《つの》の形になるでしょう。『Α』は、非常《ひじょう》な力強《ちからづよ》さと、意志《いし》の固《かた》さ、つまり決意《けつい》を感《かん》じさせる、吉兆《きっちょう》を示《しめ》す文字《もじ》なのです」

伸一《しんいち》は言った。

「過分《かぶん》な評価をいただき、大変にありがとう

ございます。

私には、この牛《うし》の角《つの》は、いかなる邪悪《じゃあく》にも、雄々《おお》しく挑《いど》む〝戦《たたか》いのシンボル〟のように思《おも》えてなりません。

トインビー先生から、『A《アルファ》』をいただいたかぎりは、人類を不幸にする諸悪《しょあく》と、勇敢《ゆうかん》に戦い抜《ぬ》いてまいります」

博士は、嬉《うれ》しそうに頷《うなず》きながら語った。

「オー、イエス……。人類の未来を開くために戦ってください。あなたの平和への献身《けんしん》を、やがて、世界は最大に評価するでしょう。私は、母校のオックスフォード大学をはじめ、幾《いく》つかの大学から、名誉称号《しょうごう》を贈《おく》られています。トインビー大学の最優等生であるあなたは、必ず将来《しょうらい》、私以上に世界中から名誉称号を贈られるでしょう」


（「対話」の章、213～215ページ）

「羽《は》ばたき」の章　未来へと希望を燃《も》やして

〈「昭和四十七年七月豪雨《ごうう》」と呼《よ》ばれる大雨が各地で大きな被害《ひがい》を出した。秋田では山本伸一《やまもとしんいち》との記念撮影会《きねんさつえいかい》が中止に。伸一は災害対策《たいさく》の手を打ちながら、7月11日、秋田を訪問《ほうもん》し、懇談《こんだん》の場を設《もう》け、激励《げきれい》した〉

「被災者《ひさいしゃ》の方々《かたがた》とお会いしたならば、自分《じぶん》の親《おや》や兄弟《きょうだい》が苦《くる》しんでいるのだと思《おも》って、最大《さいだい》の真心《まごころ》をもって励《はげ》まし、応援《おうえん》してあげてください。同志愛《どうしあい》が、そして団結《だんけつ》が、勇気《ゆうき》を呼《よ》び覚《さ》ましていきます」（中略）

ある青年が質問した。

「今回、水害で秋田の記念撮影会が中止になりました。これは、やはり、私たちの信心の姿《し》勢《せい》に、何か問題があるのでしょうか」

秋田の同志は、記念撮影に向けて、皆《みな》で真剣《しんけん》に晴天を祈ってきた。しかし、大雨になってしまっただけに、何か釈然《しゃくぜん》としないものを感じていたのである。

伸一は言下《げんか》に答えた。

「天候は自然現象ですから、大雨が降《ふ》ることもあります。どんなに信心強盛《ごうじょう》な人でも、台風にも遭《あ》えば、冬の秋田なら、大雪にも遭うでしょう。それを、いちいち信心に結び付け、くよくよ悩《なや》む必要はありません」

仏法は、希望の哲学《てつがく》である。勇気の源泉《げんせん》である――伸一は、まず、そのことを訴《うった》えておきたかったのである。

「もちろん、『一身一念法界《いっしんいちねんほうかい》に遍《あまね》し』（御書二四七㌻）ですから、祈りは大宇宙《だいうちゅう》に通じます。しかし、大雨になったという結果にとらわれ、力《ちから》が出ないのでは、信心の意味はありません。

現当二世《げんとうにせ》の信心です。未来に向かい、わが地域を必ず常寂光土《じょうじゃっこうど》にしてみせると決意し、勇気

を奮《ふる》い起《お》こして、力強《ちからづよ》く前進していくことが大事です」

伸一《しんいち》は、皆の心《こころ》に垂《た》れ込《こ》めた雲《くも》のような思《おも》いを、一掃《いっそう》したかった。

「私たちは、何があっても負《ま》けないために、堂々《どうどう》と自分《じぶん》らしく人生《じんせい》の勝利《しょうり》を飾《かざ》るために、信《しん》心《じん》をしているんです。

すべてを前進の活力《かつりょく》に変え、希望につなげていくのが仏法なんです。

たとえば、水害で記念撮影ができなかったら、〝よし、この次は、必ず大成功させるぞ〟と新しい気持ちでスタートすればよい。また、災害に遭ったならば、〝さあ、今が正念場《しょうねんば》だ。負けるものか。変毒為薬《へんどくいやく》するぞ！　信心の真価《しんか》を発揮《はっき》するぞ！〟と、へこたれずに、勇《いさ》んで挑《ちょう》戦《せん》を開始することです。

どんな時も、未来へ、未来へと、希望を燃《も》やし、力強く前進していくならば、それ自体が人生の勝利なんです。信心の証明なんです」

（「羽《は》ばたき」の章、253～255ページ）

第 16 巻

御書編

自分を最大限《さいだいげん》に輝《かがや》かせる

御文

桜梅桃李《おうばいとうり》の己己《ここ》の当体《とうたい》を改《あらた》めずして無作三身《むささんじん》と開見《かいけん》すれば……

御義口伝《おんぎくでん》　御書784ジペー

通解

桜は桜、梅は梅、桃《もも》は桃、李《すもも》は李と、おのおのの当体《とうたい》を改《あらた》めず、そのままの姿《すがた》で無作三身《むささんじん》と開きあらわしていくのである。

第16巻
第17巻
第18巻
第19巻
第20巻

小説の場面から

〈1972年（昭和47年）1月2日、第1回全国大学会総会が行われた。山本伸一《やまもとしんいち》は集《つど》ってきた学生部員に声を掛け、励ましを送る〉

「ところで、君は、優《やさ》しそうだが、自分の気の弱さを悩《なや》んでいるんじゃないのかい」

「はい」と、か細《ぼそ》い声が返ってきた。

「〝優しさ〟と〝気の弱さ〟は、一つの性分《しょうぶん》のあられ方《かた》の違《ちが》いといえるだろうね。性分が〝優しさ〟として生かされれば長所となるし、〝気の弱さ〟となってあらわれれば短所となってしまう。そして、性分が常《つね》に短所となって作用すれば、それが不幸の原因にもなる」（中略）

「そういう性格や性分といったものも、信心で変えられるんですか」

「人間の性分自体は変わらないが、信心によって、自分の性分を良い方向に生かしていくことができる。（中略）桜は桜、梅は梅、桃《もも》は桃、李《すもも》は李と、それぞれがありのままの姿《すがた》で、自分を最大限《さいだいげん》に生かしながら、幸福になる道を説《と》いているのが仏法なんです。

すぐにカッとなる人というのは、情熱的で、正義感が強いということです。信心に励めば、つまらぬことでカッとなるのではなく、悪や不正を許《ゆる》さぬ正義の人になる。

また、誰《だれ》かの言いなりになってしまう人というのは、優しさや人と調和《ちょうわ》する力《ちから》がある。その長所の部分が引き出されていくんです。そうなっていくことが人間革命なんです」

（「入魂《にゅうこん》」の章、16〜18ページ）

命ある限り広布に戦う

御文

新池《にいけ》御書　御書1440㌻

譬《たと》えば鎌倉《かまくら》より京《きょう》へは十二日の道なり、それを十一日余《あま》り歩《あゆみ》をはこび《運》て今《いま》一日に成《な》りて歩をさしをきては何《なん》として都《みやこ》の月をば詠《なが》め候《そうろう》べき

通解

例《たと》えば、鎌倉から京《きょう》までは12日の道のりである。それを11日余《あま》り歩いて、あと1日となった時に歩くのをやめたのでは、どうして都《みやこ》の月を詠《えい》ずることができようか。

小説の場面から

〈1972年（昭和47年）1月、沖縄のコザ市（現・沖縄市）での記念撮影会《きねんさつえいかい》で、伸一《しんいち》は高齢《こうれい》の婦人を激励《げきれい》する〉

「信心には、〝卒業〟もなければ〝定年《ていねん》〟もありません。生きるということは、戦うということなんです」

彼（＝山本伸一）は、高齢《こうれい》でありながら、健気《けなげ》に信心に取り組む沖縄の同志たちの姿《すがた》に、自《みずか》らも、ますます闘魂《とうこん》が燃《も》え盛《さか》るのを感じた。

「年齢《ねんれい》を重《かさ》ねられた方《かた》の力《ちから》は大きい。人生経験を重ねられた分《ぶん》、生き方の根本的な知恵《ちえ》をお持ちです。また、人脈《じんみゃく》や人間関係も広い。その方々《かたがた》が広宣流布のために、本気になって頑張《がんば》るならば、若い人たちの、何倍もの力が発揮《はっき》できます」

（中略）

伸一は、合掌《がっしょう》する思いで語った。（中略）

「牧口先生は、高齢の身で、牢獄《ろうごく》にあっても戦い続け、仏法の正義を叫《さけ》び抜《ぬ》かれました。私も、牧口先生のように、七十になろうが、八十になろうが、命ある限り、動きに動きます。語りに語ります。書きに書き、叫びに叫びます。

足腰《あしこし》が立たなくなっても、正義を書きつづる手があります。手が動かなくなっても、仏法を語る口《くち》があります。また、御本尊を見つめ、御書を拝《はい》する目があります。

命の尽《つ》きる瞬間まで、這《は》ってでも、戦って、戦って、戦って、戦い抜いていきます。

私は、その決意です。見ていてください。そこに、仏道が、わが人生の完勝があるからです」

（「入魂《にゅうこん》」の章、70～72ページ）

小説のテーマに心から賛同《さんどう》

スコットランドと日本との交流が始まったのは、約400年前です。スコットランドの優《すぐ》れた技術や教育が日本に輸入される一方、日本の文化や伝統は、スコットランドの芸術や建築に大きな影響《えいきょう》を与えました。長年かけて、相互《そうご》の信頼《しんらい》関係が築《きず》かれてきました。

両国の交流史の中で、重要な役《やく》割《わり》を果《は》たした人物が数多くいます。グラスゴー大学から名誉博士号を授与された池田博士もその一人です。

私が強調したいのは、そうした人物の思想や行動は、時間や空間を超《こ》えて受け継がれるということです。

半世紀超《こ》す執筆に思う

識者が語る

スコットランド
ブルース伯爵《はくしゃく》

例えば、幕末《ばくまつ》の教育者・吉田松《しょう》陰《いん》は生前、多くの若者を指導者として育てました。その人生は、小説『宝島《たからじま》』で有名なスコットランド人作家のスティーブンソンによって伝記となるなど、今なお世界中の人々を魅了《みりょう》してやみません。

小説『人間革命』『新・人間革命』の〝一人の人間における偉大《いだい》な人間革命が、一国の、さらに全人類の宿命《しゅくめい》の転換《てんかん》をも可能にする〟とのテーマも、世界に共感を広げていくでしょう。私も心から賛同《さんどう》します。

私自身、2009年に行われた創価大学での式典の席上、池田博士と初めてお会いしました。博士が、難《むずか》しいことも分かりやすく、また、まるで家族のように、学生一人一人に温かく語り掛ける姿を、今も忘れることはできません。

そこで池田博士が言及《げんきゅう》されたのが、『新・人間革命』第16巻でも触《ふ》れられている〝トインビー対談〟でした。

私もこれまで何度か対談を読んできました。テーマが多岐《たき》にわたる内容は、色あせるどころか、世界が混迷《こんめい》を深めているからこそ、ますます重要性を増しています。

昨今、私たちは気候の不安定化や急激《きゅうげき》な高齢化《こうれいか》など、さまざまな課題《かだい》に直面《ちょくめん》しています。だからこそ、対談でも言及されている通り、こうした時代の「挑戦」に対し、人類の英知を結集し、「応戦」していくことが求められています。

池田先生がブルース伯爵一行を歓迎。伯爵は「池田博士の素晴らしい英知を分かち合わせていただきました」と感動を語った（2009年10月、東京・八王子市の創価大学で）

スコットランドが誇《ほこ》る戯曲《ぎきょく》「ピーター・パン」の作者ジェームス・M・バリーは、未来ある若者に、〝他者の立場に立ち、協力し合う、道徳的で偉大な人生を〟と呼び掛けました。

私も、その思いで、スコットランドと日本の未来のために、教育交流に尽《つ》くしていきたいと思います。

Lord Bruce

スコットランド日本協会名誉会長などを務める。２００９年、インドネシア大学から池田先生に「名誉哲学・平和博士号」が贈られた授与式の式典に出席し、出会いを結ぶ。

ここにフォーカス

対話の醍醐味《だいごみ》

英国の歴史学者トインビー博士の著書《ちょしょ》『歴史の研究』は、世界から注目を集めました。

その最大の特徴《とくちょう》は、「民族」や「国家」を単位とした従来《じゅうらい》の歴史学の枠《わく》組《ぐ》みを超《こ》えて、「文明」という単位で歴史を捉《とら》えた点にあります。「20世紀最大の歴史家」と評《ひょう》されるのも、その独創的《どくそうてき》な研究のゆえです。

「対話」の章には、博士と山本伸一《やまもとしんいち》の対談の模様《もよう》がつづられています。2人の語らいは、2年越し40時間に及《およ》びました。1度目の対談の最後、博士は伸一にこう語ります。

「私はあなたと対話すると、啓発《けいはつ》されます」「この対談で、自分の学問の整理が可能になりました」

「西洋の歴史家」と「東洋の仏法者」の交《まじ》わりは、新たな〝知の創造《そうぞう》〟をもたらしたのです。

相手に触発《しょくはつ》を受け、新しい発想、発見が生まれてくる。その気付きが、自身を新たなステージへと導《みちび》く——ここに、「対話の醍醐味《だいごみ》」があります。

博士は、究極《きゅうきょく》において歴史をつくるのは、「新聞の見出しとして好個《こうこ》の材料となるような事柄《ことがら》」ではなく、「水底《みなそこ》のゆるやかな動き」と論《ろん》じています。

一人の人間の変革《へんかく》を促《うなが》し、社会の繁栄《はんえい》を目指す私たちの対話は、〝新聞の見出しとなる事柄〟ではないでしょう。しかし、それは平和の底流《ていりゅう》をつくる〝水底の動き〟なのです。

第16巻

解説編

紙上講座

池田博正 主任副会長

ポイント

① **大衆《たいしゅう》のために尽《つ》くす**
② **「師匠」という規範《きはん》**
③ **広宣流布大誓堂《だいせいどう》の意義**

今月の（＝２０２０年２月）11日、恩師・戸田城聖《じょうせい》先生の生誕《せいたん》１２０周年を迎《むか》えました。

「恩師の生誕百二十周年」と題する池田先生の随筆（＝２月７日付「聖教新聞」）に、**「恩師と同世代《どうせだい》の巨《きょ》人《じん》たちが最晩年《さいばんねん》、揃《そろ》って未来への希望を託《たく》してくださったのが、わが創価学会であり、ＳＧＩなのである」**とあります。

池田先生は、恩師と同世代の知性と、幾《いく》つもの対談集を編《あ》んでいます。

ブラジル文学アカデミーのアタイデ総裁《そうさい》との『21世紀の人権を語る』、フランスの美術史家ユイグ氏との『闇《やみ》は暁《あかつき》を求めて』、ノーベル化学賞と平和賞を受賞したポーリング博士との『「生命の世紀」への探《たん》求《きゅう》』などです。

池田先生の壮大《そうだい》な対話旅の先駆《さきが》けとなったのが、「20世紀最大の歴史家」といわれるトインビー博士との対談でした。対談集『21世紀への対話』が発刊されて、来月（＝２０２０年３月）で45周年の佳節《かせつ》です。

「対話」の章では、博士と山本伸一《やまもとしんいち》との対談の模様《もよう》が描かれています。博士は戸田先生よりも10歳ほど

動画で見る
セイキョウオンラインのトップページからも視聴できます

年上であり、伸一《しんいち》とは親子ほどの年の開きがありました。伸一は、**「あえて博士が、二十一世紀への精神的な遺産《いさん》を残すために、若い自分を対談相手として選《えら》んだ」**（140ページ）と感じ、博士からの対談の要請《ようせい》に応《こた》えました。

伸一には、20世紀の残された約30年のうちに、確かな平和への道標《どうひょう》を示《しめ》すためには、**「さまざまな英知を結集する必要」**（139ページ）があり、**「優《すぐ》れた知性との語らい、触発《しょくはつ》が不可欠《ふかけつ》」**（同ページ）との思いがあったのです。

対談のテーマは多岐《たき》にわたり、宗教の役割《やくわり》についても論《ろん》じられました。博士は、**「人類の生存《せいぞん》に対する現代の脅威《きょうい》は、人間一人ひとりの心のなかの革命的な変革によってのみ、取《と》り除《のぞ》くことができる」**（196ページ）と、学会の人間革命運動に大きな期待を託します。

また、博士は著書《ちょしょ》『一歴史家の宗教観』で、キリスト教が広く流布されるに至《いた》った要因として、**「誰《だれ》よりも大衆《たいしゅう》のために尽《つ》くした」**（198ページ）ことを挙《あ》げ、**「草創《そう》の時代に、こうした堅固《けんご》な基盤《きばん》をつくり上げたがゆえに、やがてキリスト教は、一気に広まった」**（同ページ）と述べています。

今日《こんにち》の学会の世界的な広がりも、草創期に、〝貧乏《びんぼう》人《にん》と病人の集まり〟と揶揄《やゆ》されてきた中で、無数の蘇生《そせい》のドラマをつづってきたことを、何よりの誉《ほま》れとしてきた歴史が基盤となっています。

「民衆に尽くす」ことは、学会を貫《つらぬ》く不動の信念です。いかに時代が変わろうとも、その原点を決して忘れてはなりません。

常《つね》に同志を思う

1972年（昭和47年）という年は、**「広宣流布の未来への壮大《そうだい》な流れを決することになる、極《きわ》めて重要な一年」**（8ページ）でした。ゆえに、伸一は励ましに全力を注《そそ》ぎます。「入魂《にゅうこん》」の章には、数々の激励の場面が綴《つづ》られています。

1月2日の大学会総会では、参加者の多くが21世紀を50代で迎えることに思いを巡《めぐ》らせ、**「二十一世紀を頼《たの》むよ。その時こそ、勝負だよ」**（32ページ）と広布の未来を託します。

また、新宿の同志との記念撮影会《さつえいかい》では、13回にわたって撮影が行われ、その合間《あいま》に、婦人・壮年・青年部に励ましを送ります。新成人のメンバーには、**「何があっても学会から、信心から、決して離《はな》れないことです。そこにしか、本当の幸福の道はないからです」**（48ページ）と訴えます。

彼は常《つね》に、**「どうすれば、皆が、元気になるのか。信頼《しんらい》の柱《はしら》となる力《ちから》あるリーダーに成長できるのか。何があっても退転《たいてん》することなく、幸福への道を歩《あゆ》み抜《ぬ》けるのか」**（108ページ）と考えていました。

その根本の精神こそ、**「伸一《しんいち》の胸には、常に戸田の声が響《ひび》いていた」**（13ページ）という「師弟不二《していふに》」です。**「心に『師匠』という規範《きはん》をもつ人は、自身の弱さに打ち勝つことができる」**（同ページ）のです。

1月の沖縄訪問の折、伸一は**「広宣流布の師弟の道を行く人には、行き詰《づ》まりがありません。師匠と心が一つにとけ合った時、無限の力が湧《わ》くというのが、私の人生の結論なんです」**（57ページ）と語っています。

彼が全精魂《ぜんせいこん》を注いで、一人一人の魂《たましい》に刻《きざ》もうとしたのは、「師弟」の精神にほかなりません。私たちは、師匠と心を合わせ、**「日々、己心《こしん》の先生と対話しながら」**（56ページ）前進していきたいと思います。

無量無辺《むりょうむへん》の功徳《くどく》

「羽《は》ばたき」の章には、1972年（昭和47年）10月に建立《こんりゅう》した正本堂《しょうほんどう》の歴史が記されています。その完成をもって、学会は「広布第2章」の開幕《かいまく》を迎えました。

正本堂建立発願式《ほつがんしき》の折、伸一は「発誓願文《ほっせいがんもん》」を、

「日々、月々、年々に、更《さら》に折伏行《しゃくぶくぎょう》に断固邁進《だんこまいしん》せんことを堅《かた》く誓うのみ」（296ページ）との広布への誓願で結《むす》んでいます。

また、完工式では、正本堂について、**「民衆のための施設《しせつ》であり、宗教的権威《しゅうきょうてきけんい》を象徴《しょうちょう》する建物ではない」**（311ページ）と訴え、**「人類の生命の尊厳《そんげん》を祈る民衆の宗教殿堂《でんどう》である」**（312ページ）と語っています。つまり、正本堂は「民衆のために」存在《そんざい》し、建立の根本目的は、どこまでも「広宣流布」にあります。

正本堂はたった26年で、日顕によって解体されました。それは、800万信徒《しんと》の赤誠《せきせい》を踏《ふ》みにじる暴《ぼう》挙《きょ》以外の何物でもありません。

正本堂という建物はなくなりました。しかし、その建立のために真心を尽くした、学会員の**「功徳《くどく》、福運は無量無辺《むりょうむへん》であり、永遠に消えることはない」**（356ページ）のです。

世界宗教として飛翔《ひしょう》する今日《こんにち》の学会発展《はってん》の姿こそが、その証明にほかなりません。

2013年11月、広宣流布大誓堂《だいせいどう》が完成しました。池田先生がしたためた大誓堂の碑文《ひぶん》には、**「我《われ》ら民衆が世界の立正安国《りっしょうあんこく》を深く祈念《きねん》し、いかなる三障《さんしょう》四魔《しま》も恐《おそ》るることなく、自他共の人間革命の勝利へ出発せる師弟誓願の大殿堂なり」**とあります。

大誓堂の建立の目的は、世界の平和と自他共の幸福と安穏《あんのん》を祈り、広宣流布を誓うことです。ここに、誓願勤行会《せいがんごんぎょうかい》の意義もあります。

大誓堂の落慶《らっけい》記念勤行会のメッセージで、池田先生は**「『広宣流布の大願《だいがん》』と『仏界《ぶっかい》の生命』とは一体です。だからこそ――この誓いに生き抜く時、人は最も尊《とうと》く、最も強く、最も大きくなれる」**と述べられました。

いかなる時代になろうとも、師と共に、学会と共に、同志と共に――この誓いに生きることほど、歓《かん》喜《き》と誉《ほま》れに満《み》ちた人生はないのです。

名言集

功徳《くどく》を受ける人

一人の友が立ち上がる時、最も歓喜《かんき》し、大きな功《く》徳《どく》を受けるのは、その人を思い、その人のために祈り、何度も足を運《はこ》んでは、励《はげ》まし続けた人である。

（「入魂《にゅうこん》」の章、21ページ）

必ず意味がある

いっさいをよい方向に考え、さらに前へ、前へと、進んでいくことが大事です。時には、祈っても、思い通りにならない場合もあるかもしれない。でも、それは、必ず何か意味があるんです。最終的には、それでよかったのだと、心の底から、納得《なっとく》できるものなんです。

（「入魂」の章、38ページ）

創価学会の宝《たから》

創価学会が世界に誇《ほこ》る最高の宝《たから》は何か。婦人部です。これほど、清らかで強く、民衆の幸福のために働く、正義の集《つど》いはありません。

（「入魂」の章、69ページ）

人の振《ふ》る舞《ま》い

教義は、人格、行動をもって表現される。日蓮《にちれん》仏法の、国境を超《こ》えた、世界宗教としての今《こん》日《にち》の広がりは、「人の振《ふ》る舞《ま》い」によるところが大きいといえよう。

（「対話」の章、155ページ）

小事の集積《しゅうせき》

大事業とは、どんな小さな事柄《ことがら》も疎《おろそ》かにせずに、一つ一つ検証し、確認《かくにん》することによって初めてなされる、完璧《かんぺき》な小事の集積《しゅうせき》である。

（「羽ばたき」の章、301ページ）

トインビー博士の腕をとりながら歩く池田先生。語らいは、対談集『21世紀への対話』（邦題）に結実し、世界29言語で発刊されている（1972年5月、ロンドンで）

イギリスの国会議事堂であるウェストミンスター宮殿。右手にある「ビッグ・ベン（時計塔）」は、19世紀中頃から時を刻む（1989年5月、池田先生撮影）

『新・人間革命』

第17巻

「聖教新聞」連載

(2005年1月1日付～9月13日付)

第17巻

基礎資料編

各章のあらすじ

物語の時期

1973年（昭和48年）1月1日～6月27日

1973年（昭和48年）「教学の年」が明《あ》けた。「広布第2章」に入って初めての新春である。山本《やまもと》伸一《しんいち》は、仏法を基調《きちょう》とした本格的な社会建設を開始するため、その源泉《げんせん》となる教学に力《ちから》を注《そそ》ぐ。

この73年は別名「青年の年」とされていた。

伸一は、青年たちが仏法の多角的な展開《てんかい》を担《にな》う上で原動力となる、広布に生《い》き抜《ぬ》く〝師弟の道〟の大切さを訴《うった》える。

この年、彼は、「本陣《ほんじん》」東京の再構築を最大のテーマとしていた。

1月の新宿区、練馬区にはじまり、さらに、中野区、港区、渋谷区、世田谷区、千代田区、杉並区、

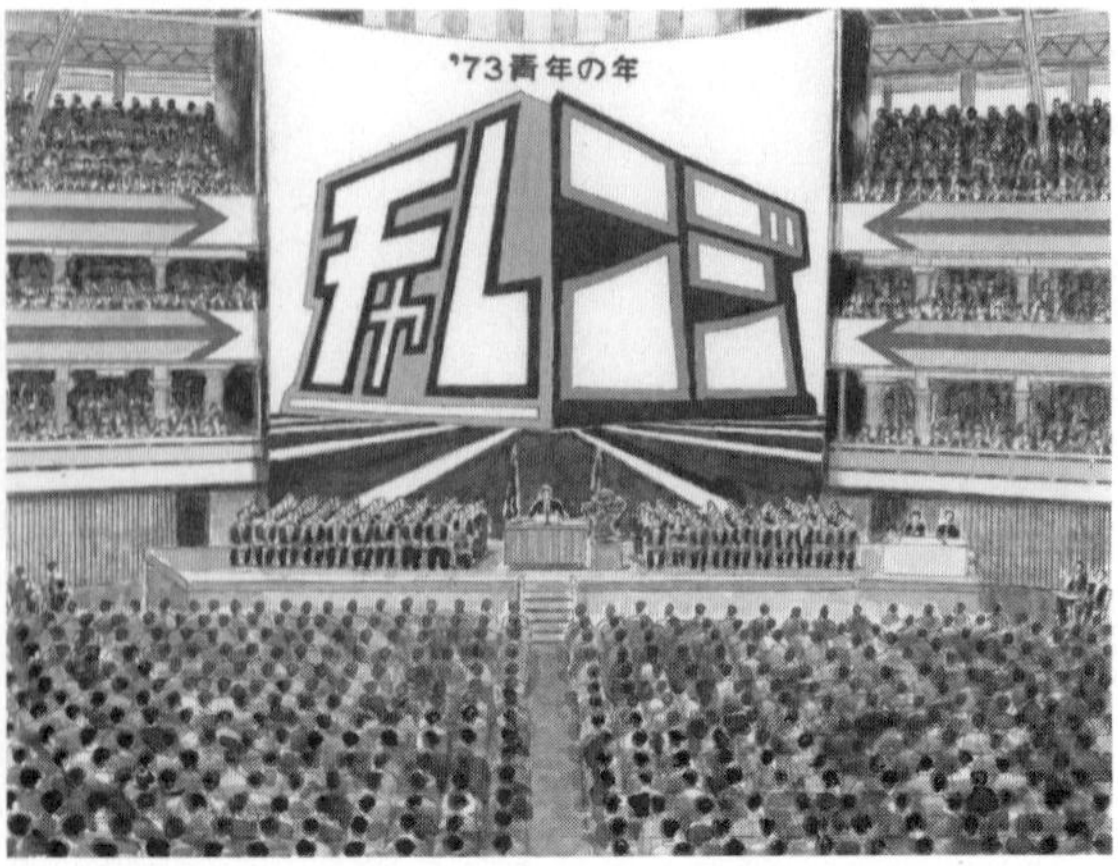

「本陣《ほんじん》」の章

目黒区のメンバーと記念撮影《きねんさつえい》するなど、激励《げきれい》を重ねる。そして、「中野兄弟会」をはじめ、各区で人材育成のためのグループを結成していく。

さらに多摩《たま》方面の第2東京本部の幹部会にも出席する。

2月18日、男子部は第21回総会で「生存《せいぞん》の権利《けんり》を守る青年部アピール」を発表。生命尊厳《そんげん》の立場から核兵器廃絶《かくへいきはいぜつ》のための署名《しょめい》運動などへの取り組みを開始する。伸一は、社会建設に本格的に立ち上がった青年たちに大きな期待を寄せる。

「希望」の章

4月11日、山本伸一《やまもとしんいち》は、大阪・交野市《かたのし》に誕生《たんじょう》した、創価女子中学・高校（当時）の入学式へ。「他人の不幸のうえに自分の幸福を築くことはしない」という信条を培《つちか》うよう語る。

また、共に卓球《たっきゅう》やテニスに興《きょう》じ、励《はげ》ましの対話を交《か》わし、21世紀の「希望」である学園生を温かく育《はぐく》む。

生徒たちは、彼の心に応《こた》えようと、通学途中《とちゅう》に行き交う人々へのあいさつの励行《れいこう》や、最寄《もよ》りの駅に花瓶《かびん》と花を贈《おく》るなど、よき伝統をつくるために努力を重《かさ》ね、地域に信頼《しんらい》と共感が広がっていく。

伸一は多忙《たぼう》な行事の合間を縫《ぬ》っては学園を訪《おとず》れ、時には、校長と共に校門に立ち、登校してきた生徒たちを迎《むか》え、寮《りょう》にも足を運ぶ。そして、1976年（昭和51年）、創価女子高校の第1回卒業式で、「互《たが》いに生涯《しょうがい》の友として、美しき信義を貫《つらぬ》き通《とお》していただきたい」との言葉を贈《おく》った。また、「何かあったら、会いにいらっしゃい。いつまでも一緒《いっしょ》だよ」と何度も声をかける。

82年（同57年）、創価女子学園は、男子生徒を受け入れ、関西創価中学・高校として新スタート。日本を代表する人間教育の城となっていく。

「民衆城《みんしゅうじょう》」の章

1973年（昭和48年）4月下旬《げじゅん》、山本伸一《やまもとしんいち》は、聖教新聞社を訪《おとず》れた東京・荒川区の同志と語らい、57年（同32年）8月の荒川区での夏季ブロック指導を思い起こす。その前月、選挙違反《いはん》という無実の罪で大阪府警に不当逮捕《たいほ》された彼は、庶民《しょみん》の縮図《しゅくず》ともいうべき荒川区から、民衆《みんしゅう》勝利の波を起こそうと、弘教《ぐきょう》の指揮《しき》を執《と》り、1週間で荒川区の会員世帯の1割を超《こ》える拡大を成《な》し遂《と》げる。

73年4月22日、墨田区《すみだく》両国の日大講堂で本部幹部会が行われる。墨田もまた、53年（同28年）、伸一が男子部の第1部隊長を務《つと》め、恩師・戸田城聖の願業《がんぎょう》である会員75万世帯の達成を誓《ちか》い、奔走《ほんそう》した地だ。彼は、墨田の青年たちに、広布大願に生きる師子《しし》たれと訴《うった》える。

さらに、渋谷区、大田区、豊島区の同志へ全魂《ぜんこん》の指導を重ね、東京各区で、新出発の原点が築かれていった。

5月8日からは欧州《おうしゅう》へ。フランスでは、欧州各国のメンバーの連携《れんけい》と協力体制を確立するために、「ヨーロッパ会議」が発足《ほっそく》。英国では、前年に引き続きトインビー博士と対談。帰国の途次《とじ》には、経由地のオランダでメンバーと座談会を開く。

欧州訪問《おうしゅうほうもん》から帰国した山本伸一《やまもとしんいち》は、6月5日、福井県へ。福井は空襲《くうしゅう》、地震《じしん》、台風など、幾度《いくど》も大災害に見舞《みま》われてきた。県幹部会に出席した伸一は、郷土《きょうど》の蘇生《そせい》は、皆《みな》の勇気と活動にかかっているとし、〝福井のルネサンスを！〟と力《りき》説《せつ》。彼は、学会員こそ地域繁栄《はんえい》の主役であるとの深い自覚を促《うなが》していく。

7日、伸一は岐阜県を訪問する。県幹部会に先立ち、文化祭が行われる。彼は、「郡上一揆《ぐじょういっき》」を題材にした創作劇《そうさくげき》の、〝命ある限り戦う〟との叫《さけ》びを聞き、出演者に、これが学会精神だと伝言。岐阜本部では、聖教新聞の支局員、通信員を

「緑《りょく》野《や》」の章

激励する。

10日、彼は、群馬県の伊香保《いかほ》でのスポーツ大会に出席し、皆と記念撮影《ねんさつえい》。地元の群馬交響楽団《こうきょうがくだん》で活《かつ》躍《やく》する友などを次々と励《はげ》ます。そして、群馬が〝地方の時代〟の先《せん》駆《く》を切り、広布のモデル県になるよう期待を寄せる。

さらに、17日、茨城県を訪《おとず》れ、25日には、北海道へ。代表幹部との懇談会《こんだんかい》を開き、「広宣流布は北海道から」との指針《ししん》を贈《おく》る。

伸一の間断《かんだん》なき奮闘《ふんとう》によって、広布の「緑野《りょくや》」は広がっていく。

山本伸一の
東京各地での激《げき》励《れい》行《こう》

※第17巻に記された行事から

1973年（昭和48年）、「広布第２章」の本格的な開幕《かいまく》を迎《むか》え、山本伸一《やまもとしんいち》がまず力《ちから》を注《そそ》いだのが、堅固《けんご》な本陣・東京の建設である。伸一は、東京への入魂《にゅうこん》の激励を続けていった。

新宿

「1・15グループ」「新宿成人会」の集い（1月7日、旧・聖教新聞本社で）

練馬

練馬区の記念撮影会（1月21日、静水会体育館〈当時〉で）

中野

「中野・青少年スポーツの集い」に出席（2月4日、中野体育館で）

港

港区の友と記念撮影（2月11日、創価文化会館〈当時〉で）

渋谷

渋谷区の青年部と記念撮影（2 月 20 日、創価文化会館〈当時〉で）

世田谷

世田谷区の東京農業大学で開催された「現代農業展」に足を運ぶ（3 月 4 日）

杉並

「杉並区・青年スポーツの集い」に参加（3 月 18 日、杉並区内で）

目黒

目黒区のメンバーと記念撮影（3 月 29 日、創価文化会館〈当時〉で）

第2東京本部

第 2 総東京の前身「第 2 東京本部」の幹部会（3 月 31 日、創価大学で）

墨田

本部幹部会で学会歌の指揮を執る（4 月 22 日、墨田区の日大講堂で）

大田

記念撮影会の終了後、未来部のメンバーと卓球のひと時（4 月 29 日、大田区体育館で）

豊島

豊島区の記念撮影会後の運動会で、未来部員に声を掛ける（5 月 5 日、文京区内で）

関西創価学園の軌跡《きせき》

年	月	日	関西創価学園の歩み
1969 年	5 月		学園の候補地となっていた、大阪・交野の土地を視察
	7 月		関西に創価女子学園の設置を発表
	10 月		設立準備委員会が発足
1970 年	9 月	1 日	創価女子学園の起工式に出席
1972 年	1 月		「良識・健康・希望」のモットーを発表
1973 年	4 月	11 日	創価女子中学・高校の第 1 回入学式に出席
1976 年	3 月	13 日	創価女子高校の第 1 回卒業式（前年 10 月、同窓生を「蛍会」と命名）
1982 年	4 月		男女共学となり、名称を関西創価中学・高校に改める
1985 年	3 月	15 日	第 10 回卒業式に出席。初の男子卒業生が誕生 （同年 1 月、男子同窓生を「金星会」と命名）

第17巻

名場面編

「本陣《ほんじん》」の章　師弟の道を歩《あゆ》み抜《ぬ》け

〈1973年（昭和48年）元日、山本伸一《やまもとしんいち》は各部の部長会に出席。青年部の活動について協議した〉

この部長会の席上、男子部長の野村勇《のむらいさむ》が、伸一に質問した。（中略）

「『広布第二章』を迎《むか》えて、学会は社会に開かれた多角的《たかくてき》な運動を展開《てんかい》していくことになりますが、その際、心すべきことはなんでしょうか」

伸一は即座《そくざ》に答えた。

「師弟の道を歩《あゆ》めということです」

その答えに、野村勇は、意外な思いがした。

社会に開かれた運動を展開していくのだから、社会的に優《すぐ》れた多彩《たさい》な人材を育成していくことではないかと、考えていたのだ。

野村が一瞬《いっしゅん》、不可解《ふかかい》な顔をしたのを、伸一は見逃《みのが》さなかった。

「君は、なぜ『師弟の道』なのか、疑問《ぎもん》に思っているのだろう。それは、遠心力《えんしんりょく》と求心力《きゅうしんりょく》の関係だよ」

伸一は、穏《おだ》やかだが、力《ちから》のこもった声で語り始めた。

「仏法を社会に大きく開いた運動を展開するというのは、これは円運動《えんうんどう》でいえば遠心力だ。その遠心力が強くなればなるほど、仏法への強い求心力が必要になる。この求心力の中心こそが、師弟不二《ふに》の精神だ。近年、青年部員には、社会で勝利の実証を示そうとの気概《きがい》があふれ、社会貢献《こうけん》への意識も次第《しだい》に高まってきている。これは、すばらしいことです。しかし、広宣流布という根本目的を忘《わす》れれば、社会的な栄誉栄達《えいよえいたつ》や立身《りっしん》出世に流され、信心の世界を軽視《けいし》することにもなりかねない。（中略）

真実の人間の道、仏法の道を歩《あゆ》み抜《ぬ》いていく

ために、師弟の道が必要なんです」（中略）

「何かを学《まな》び、究《きわ》めようとするならば、必《かなら》ず師匠《ししょう》、指導者《しどうしゃ》が必要です。ましてや人生《じんせい》の真実の価値《かち》を教《おし》え、人間の生《い》き方《かた》を説《と》く仏法を学ぶには、師匠の存在《そんざい》は不可欠《ふかけつ》です」（中略）

仏法の師弟関係《かんけい》というのは、弟子《でし》を教化《きょうけ》しようという仏陀《ぶっだ》である釈尊《しゃくそん》の慈悲《じひ》と、法《ほう》を会得《えとく》しようとする弟子の求道《きゅうどう》の心《こころ》から始《はじ》まっている。

つまり、師弟とは、弟子の自発的《じはってき》な意志《いし》があってこそ成《な》り立《た》つ魂《たましい》の結合《けつごう》といえる。（中略）

語るにつれて、伸一《しんいち》の言葉に、ますます熱がこもっていった。（中略）

「師匠と弟子の心が違《ちが》っていれば、何事《なにごと》も成《じょう》就《じゅ》できない。最後は、すべて弟子で決まってしまうんです。

創価学会のこれまでの大発展《だいはってん》は、師弟不二の、金剛不壊《こんごうふえ》の団結によって勝ち得たものです。広宣流布に生きる、師弟の使命を深く自覚《じかく》するならば、恐《おそ》れるものなど何もありません」

（「本陣《ほんじん》」の章、15〜20ページ）

「希望」の章　愛する学園生のために

〈1973（昭和48年）年4月2日に創価女子学園（当時）が開校して以来、山本伸一《やまもとしんいち》は折に触《ふ》れて同校を訪問《ほうもん》してきた。開校2年目の10月には生徒寮の「月見寮《つきみりょう》」を訪《おとず》れた〉

その時、管理者室の電話のベルが鳴《な》った。

伸一は、素早《すばや》く、受話器《じゅわき》をとった。

「はい、月見寮です。山本でございますが、どうも初めまして……」

「はあ、山本さん？」

中学生の寮生《りょうせい》への、母親からの電話であった。（中略）

「……あっ、先生！　こちらこそ、娘《むすめ》が大変にお世話になります」

伸一は、管理者に、その寮生を呼《よ》びに行《い》ってもらった。

その間《かん》に、彼は母親と話をした。

「今は、お母さんも寂《さび》しいでしょうが、娘さんは一生懸命《いっしょうけんめい》に頑張《がんば》っておりますよ。

創価女子学園は最高の教育をしています。この恵《めぐ》まれた環境《かんきょう》で学んだことの意義《いぎ》は、四十代、五十代になった時にわかります。安心してお任《まか》せください」

彼は、母親の不安を取《と》り除《のぞ》きたかった。安心があれば、元気が出る。（中略）

ほどなく、中学生の娘が管理者室に来た。

彼女が通話を終えて受話器を置くと、また、すぐに電話が鳴った。

今度も伸一が受話器をとった。

高校生の寮生に、妹からの電話であった。

「管理人の山本です。お呼びしますので、しばらくお待ちください」（中略）

姉は、電話をしてきた妹に言った。

「今、電話に出た人、誰《だれ》かわかる？

山本先生やで！

第16巻
第17巻
第18巻
第19巻
第20巻

……ほんまや！　ほんまにほんまやて！」

伸一《しんいち》はつぶやいた。

「どうも、信用しないようだね」

爆笑《ばくしょう》が広がった。

この夜《よる》、伸一は（中略）寮《りょう》への指針《ししん》をいただきたいとの強《つよ》い要請《ようせい》に応《こた》え、色紙《しきし》に筆《ふで》を走《はし》らせた。

「健康美《けんこうび》」

そして、その裏《うら》には「わが娘《むすめ》の　月見寮《つきみりょう》に　諸天《しょてん》よ護《まも》れと　祈《いの》りつつ」と記《しる》したのである。

伸一は、親元を離《はな》れて暮《く》らす寮生や下宿生《げしゅくせい》には特に心を砕《くだ》いていた。

母親や父親が病気で入院したという生徒がいると聞けば、すぐに呼んで励《はげ》まし、その場から実家にも電話を入れ、家族も激励《げきれい》した。

彼の行動は迅速《じんそく》であり、手の打ち方は的確《てきかく》であった。それは権威《けんい》主義や形式主義を排《はい》して、常に生徒のなかに入ることを、最優先《さいゆうせん》していたからであるといってよい。

（「希望」の章、189～192ページ）

「民衆城《みんしゅうじょう》」の章 励ましの心を手紙に込《こ》めて

〈1953年（昭和28年）1月、山本伸一《やまもとしんいち》は男子部の第一部隊長《ぶたいちょう》に就任《しゅうにん》。恩師の願業《がんぎょう》である75万世帯の達成を目指し、奮戦《ふんせん》した〉

当時、伸一は、戸田の事業を全面的に支えなければならず、仕事は多忙《たぼう》を極《きわ》めていた。また、学会にあっても、第一部隊長のほかに、全青年部員の育成の責任をもつ、教育参謀《さんぼう》を兼任《けんにん》していた。そして、そのうえに、四月には、文京支部の支部長代理《だいり》に任命されたのである。

（中略）伸一は、ますます多忙《たぼう》になった。第《だい》一部隊の会合《かいごう》に出る時間を確保《かくほ》するのさえ、大《たい》変《へん》であった。だが、彼《かれ》は思《おも》った。〝これからが本当の戦いだ。十分な時間があって活動することなど、誰《だれ》にでもできる。時間がないなかで、工夫《くふう》し、スケジュールをこじ開《あ》け、泣くような思いで戦ってこそ仏道修行ではないか。一歩も引くまい。断じて負けるまい〟

必死の一念《いちねん》は、無限の活力《かつりょく》を、智慧《ちえ》を、湧《わ》かせる源泉《げんせん》である。広宣流布のために断じて戦い抜《ぬ》こうとする強き一念の前には、逆境《ぎゃっきょう》はない。すべての困難《こんなん》や悪条件《あくじょうけん》は、闘魂《とうこん》の炎《ほのお》を燃《も》え上《あ》がらせる風《かぜ》となる。

伸一は、思うように部員と会うことができないだけに、寸暇《すんか》を惜《お》しんで、皆に手紙を書き、激励《げきれい》を重ねた。（中略）彼《かれ》は、毎日《まいにち》の激闘《げきとう》で、床《とこ》に入《はい》っても寝付《ねつ》けぬほど、心身《しんしん》ともに疲労困《ひろうこん》憊《ぱい》した。しかし、唱題《しょうだい》と執念《しゅうねん》で、一日《いちにち》一日を乗《の》り越《こ》えていった。（中略）

彼のその真剣《しんけん》さと気迫《きはく》は、第一部隊の青年たちに、大きな衝撃《しょうげき》と共感をもたらしていった。伸一の姿自体《すがたじたい》が、最高の目標となり、指導となっていったのである。

第一部隊は着々《ちゃくちゃく》と拡大を遂《と》げ、この年の九月末には、伸一が部隊長に就任した時の二倍近い

六百数十人の陣容《じんよう》となった。その躍進《やくしん》にメンバーは喜んでいたが、七十五万世帯の達成を思えば、まだほんの助走《じょそう》を開始したにすぎなかった。（中略）

御聖訓《ごせいくん》には「文字は是一切衆生《これいっさいしゅじょう》の心法《しんぽう》の顕《あらわ》れたる質《すがた》なり」（御書三八〇ページ）と仰《おお》せである。

伸一《しんいち》は叫《さけ》ぶような思いで、全精魂《ぜんせいこん》を込《こ》め、第一部隊《ぶたい》の同志に、決起《けっき》を促《うなが》す便《たよ》りを次々と書き送った。

わずかな間に、何通《なんつう》もの激励の手紙をもらったメンバーもいた。

「山本部隊長は、あれほど多忙ななかで手紙を書き、われわれの弱い心を打ち破ろうとしてくださっている。戦おう！　断じて勝利しよう！」

同志は奮《ふる》い立《た》った。その息吹《いぶき》は、全部員に波《は》動《どう》し、拡大への燎原《りょうげん》の火のごとき、大前進が始まったのである。

（「民衆城《みんしゅうじょう》」の章、274～277ページ）

「緑野《りょくや》」の章

健康への努力と工夫《くふう》を

〈1973年（昭和48年）6月、山本伸一《やまもとしんいち》は岐阜指導へ。岐阜本部にある聖教新聞の支局の編集室にも足を運び、激励《げきれい》した〉

伸一がノックしてドアを開《あ》けると、数人の青年が懸命《けんめい》に作業に励《はげ》んでいた。紙面の割《わ》り付《つ》けをしている人もいれば、原稿《げんこう》を書いている人もいた。

「ご苦労様《くろうさま》！」

伸一は声《こえ》をかけた。（中略）

皆、県幹部会の準備で多忙《たぼう》ななか、取材や編集作業に励んできたせいか、顔には疲《つか》れの色がにじんでいた。（中略）

伸一は言った。

「みんな、やるべきことはたくさんある。しかし、時間は限られているから、ついつい睡眠《すいみん》時間を削《けず》ってしまう。それも若い時代には、仕《し》方《かた》がない面もあるかもしれないが、体をこわしてしまったのでは、なんにもならない。寝不足《ねぶそく》は万病《まんびょう》のもとであり、事故のもとだ。

病気になったり、事故を起こしたりすれば、自分だけでなく、家族も同志も苦しむことになるし、社会にも迷惑《めいわく》をかけてしまう。だから、必要《ひつよう》な睡眠《すいみん》時間を確保《かくほ》することも、大事《だいじ》な戦《たたか》いといえる。そうした生活《せいかつ》の基本《きほん》を安易《あんい》に考《かんが》えてしまうのは油断《ゆだん》なんです」（中略）

伸一は、皆を見た。

〝忙《いそが》しくて、十分《じゅうぶん》に睡眠をとるなんて、とても無理です〟と言いたげな、困惑《こんわく》した顔の青年もいた。

伸一は、微笑《びしょう》を浮《う》かべて言った。

「では、どうやって、睡眠時間を確保するかです。みんな、それが聞きたいんだね」

青年たちが頷《うなず》いた。

「それには一瞬《いっしゅん》一瞬、自分を完全燃焼《かんぜんねんしょう》させ、効率的《こうりつてき》にやるべきことを成《な》し遂《と》げていくこと

です。人間は一日《いちにち》のうちで、ボーッとしていたり、身の入らぬ仕事をしている時間が、結構多《けっこうおお》いものなんです。そうではなく、『臨終只今《りんじゅうただいま》』の思いで、素早《すばや》く、全力投球《ぜんりょくとうきゅう》で事《こと》にあたっていくんです。

その原動力になるのが真剣《しんけん》な唱題です。特に朝が勝負だ。生命力《せいめいりょく》が強くなれば、価値創造《かちそうぞう》の活力《かつりょく》も生まれ、能率《のうりつ》を上げる智慧《ちえ》も湧《わ》くからね。また、夜遅《よるおそ》くまでテレビを見たりして、夜更《よふ》かしをしないことです。

この睡眠《すいみん》時間の確保《かくほ》とともに、過度《かど》な飲酒《いんしゅ》、喫煙《きつえん》、夜食《やしょく》の習慣《しゅうかん》なども、改《あらた》めていかなくてはならない。

さらに、食生活《しょくせいかつ》に注意《ちゅうい》を払《はら》い、ラジオ体操《たいそう》など、持続的《じぞくてき》に運動《うんどう》していくことも必要《ひつよう》です。

仏法は道理《どうり》です。自己《じこ》を律《りつ》してこそ、仏法者なんです。ともあれ、健康管理は自分の責任で行うしかありません。力《ちから》の限り戦い抜《ぬ》き、わが使命を果《は》たしゆくために、体を大切にするんです」

（「緑野《りょくや》」の章、374〜376ジペー）

第17巻

御書編

「勇気」こそ勝利の要諦《ようてい》

御文

経王殿御返事《きょうおうどののごへんじ》　御書1124ページ

つるぎ《剣》なんども・すすまざる《不進》人のためには用《もちい》る事《こと》なし

通解

剣《つるぎ》なども、進まない人のためには何の役にも立たない。

小説の場面から

〈1957年（昭和32年）8月、山本伸一《やまもとしんいち》は東京・荒川の同志に、弘教《ぐきょう》を進めるうえでの要諦《ようてい》を語る〉

「ともすれば一度ぐらい話をしただけで、〝あの人はだめだ〟〝この人は無理だ〟と思い込《こ》んでしまう。でも、人の心は刻々《こっこく》と変わる。いや、執念《しゅうねん》の対話で、断じて変えていくんです。

それには自分の話し方に問題はないか、検討《けんとう》してみる必要もあります。

たとえば、家庭不和《かていふわ》で悩《なや》んでいる人に、病気を克《こく》服《ふく》することができると訴《うった》えても、関心は示さない。病気の人に商売がうまくいくと訴えても、共感はしません。

相手が納得《なっとく》できるように、いかに語るか――これも智慧《ちえ》なんです。（中略）

ともかく、智慧は、本来、無尽蔵《むじんぞう》なんです。その智慧が不可能を可能にするんです。そして、智慧というのは、断じて成《な》し遂《と》げようという懸命《けんめい》な一念から生まれます。必死の祈りこそが、智慧を生む母なんです」

伸一はさらに、智慧が湧《わ》いたら、それを行動に移《うつ》す「勇気」が不可欠《ふかけつ》であることを訴えた。（中略）

「無量の智慧をもたらす法華経という剣《つるぎ》も、臆病《おくびょう》であっては、使いこなすことはできません。

苦手《にがて》だから避《さ》けようと思う心。仕方ないのだと自《みずか》らの臆病や怠惰《たいだ》を正当化しようという心――その自分の弱さに挑《いど》み、打ち勝つ勇気をもってください。そこに自身の人間革命があり、一切の勝利の要諦《ようてい》があります」

（「**民衆城**《みんしゅうじょう》」の章、255～256ページ）

異体同心《いたいどうしん》の団結で前進

御文

生死一大事血脈抄《しょうじいちだいじけつみゃくしょう》　御書1337ジペー

総《そう》じて日蓮《にちれん》が弟子檀那等《でしだんなとう》・自他彼此《じたひし》の心なく水魚《すいぎょ》の思《おもい》を成《な》して異体同心《いたいどうしん》にして南無妙法蓮華経と唱《とな》え奉《たてまつ》る処《ところ》を生死《しょうじ》一大事《いちだいじ》の血脈《けつみゃく》とは云《い》うなり

通解

総《そう》じて日蓮《にちれん》の弟子檀那等《でしだんなとう》が、自他彼此《じたひし》の隔《へだ》ての心なく、水魚《すいぎょ》の思いで、異体同《いたいどう》心《しん》に南無妙法蓮華経と唱《とな》えるところを生死一大事《しょうじいちだいじ》の血脈《けつみゃく》というのである。

小説の場面から

「自他彼此《じたひし》の心」とは自分は自分、他人は他人というように、自分と他人とを差別《さべつ》する、断絶《だんぜつ》した心である。

たとえば、自分の利害《りがい》ばかり考えて他者を顧《かえり》みないエゴイズム、無関係を決め込《きこ》む心、あるいは敵対《てきたい》視《し》、また、己《おのれ》の感情を根本にした生き方といえよう。

皆の心がバラバラに分断《ぶんだん》された、そんな集団に仏法の血脈《けつみゃく》が通《かよ》うことはない。

ゆえに大聖人は、そうした生き方を厳《きび》しく戒《いまし》められたのである。

また、「水魚《すいぎょ》の思《おもい》」とは、切っても切れない同志相《どうしそう》互《ご》の、密接不可分《みっせつふかぶん》な関係を、深く自覚《じかく》することである。互《たが》いに、広布の使命に生きる同志を、なくてはならない尊《とうと》い存在《そんざい》として支え合い、敬《うやま》い合っていくことが、「水魚の思」の姿といえよう。

また、「異体同心《いたいどうしん》」とは、それぞれの個性、特質を最大限に生かしながら、広宣流布という大目的に心を合わせて前進していくことである。

大聖人は、総《そう》じては、御自身の生命に流れる血脈は、この「異体同心」の団結のなかに伝わり、「広宣流布」の大願《だいがん》に生きる、一人ひとりの生命に脈《みゃく》打つことを明言されているのである。（中略）

一般的に、団結というのは、目標を成就《じょうじゅ》するための一つの手段《しゅだん》と考えられている。しかし、正法《しょうほう》をもって万人《ばんにん》を幸福にするための「異体同心」の姿は、それ自体が人間共和《きょうわ》の縮図《しゅくず》であり、広宣流布の実像《じつぞう》である。いわば目的ともいえよう。

（「緑野《りょくや》」の章、349〜350ジペー）

時を超《こ》えて読み継《つ》がれる名作

　関西創価高校は2015年、文部科学省の教育事業「スーパーグローバルハイスクール（SGH）」の指定《してい》を受け、今年度（＝2019年度）で指定期間を満了《まんりょう》します。

　私は同校のSGH運営指導委員を務《つと》めてきました。先月、「最終研究発表会」が行われ、生徒が核兵《かくへい》器《き》廃絶《はいぜつ》の対策《たいさく》などを英語で提案しました。素晴らしい内容でした。

　関西創価高校の生徒と接していて感じるのは、確《たし》かな信念を持った子どもが多いということです。特に、女子生徒は明朗快活《めいろうかいかつ》です。それは、同校が女子高校として出発し、その歩みの中で築かれた伝

私の読後感　識者が語る

桃山学院教育大学 学長
梶田 叡一氏

統と気風《きふう》が、今も受《う》け継《つ》がれているからではないでしょうか。

　小説『新・人間革命』第17巻「希望」の章には、創価女子中学・高校の第1回入学式のことが書かれています。そこで、創立者の山本《やまもと》伸一《しんいち》は、「他人の不幸のうえに自分の幸福を築くことはしない」という信条を培《つちか》うことを訴《うった》えます。

　それは〝学ぶことの意味〟の問い掛けでもあります。同校の教員は折あるごとに、この創立者の指針《ししん》を口《くち》にし、生徒にも伝えています。

　実際には、高校生がこの指針の真意を実感するのは難《むずか》しいかもしれません。社会に出て、幾多《いくた》の苦労を経験する中で理解できるものだからです。だからこそ、学園で

学んだ方々《かたがた》は、創立者の指針を生涯《しょうがい》にわたって実践してほしい。社会も「自他共の幸福」を目指す方向へと着実に進んでいくでしょう。

小学校の校長であった牧口常三郎《まきぐちつねさぶろう》先生は朝、校門に立って登校する児童を迎《むか》えました。同章には、伸一が校長と共に校門に立って、生徒にあいさつするシーンもあります。牧口先生と同じ心で、同じ実践が行われている印象深い場面です。

「滅私奉公《めっしほうこう》」が叫《さけ》ばれた軍国主義の時代にあって、〝教育の目的は子どもたちの幸福の実現〟と牧口先生は主張されました。その教育哲学を根幹《こんかん》とする東西の創価学園は、「人間教育の大城」として、さらに発展していくに違いありません。

小説『新・人間革命』を通して、池田先生は学会の歴史の意義づけをされています。何度も読まなければ、そのメッセージを理解することはできません。

私はクリスチャンです。『新・人間革命』は後世、キリスト教における〝聖書〟のように位置付けられ、時を超《こ》えて読み継《つ》がれていくものと思います。

創価女子中学・高校（当時）の第1回入学式（1973年4月11日）。この時、創立者の池田先生が語った「他人の不幸のうえに自分の幸福を築くことはしない」との言葉は、学園生の大切な指針となっている

かじた・えいいち

1941年、島根県松江市生まれ。京都ノートルダム女子大学長、兵庫教育大学長、環太平洋大学長、奈良学園大学長などを経て、2018年から桃山学院教育大学長。文学博士。

ここにフォーカス

題目に勝《まさ》る力《ちから》なし

「民衆城《みんしゅうじょう》」の章に、1973年（昭和48年）5月の山本伸一《やまもとしんいち》の欧州訪問《おうしゅうほうもん》がつづられています。

この時の伸一の訪問国は、フランスとイギリスの2カ国でした。オランダでは、師の欧州での諸行事《しょぎょうじ》の成功を祈念しつつ、〝1％でもオランダにお迎《むか》えできるチャンスがあれば〟と、唱題の渦《うず》が巻《ま》き起《お》こっていました。

池田先生は当初、モスクワ経由で帰国する予定でしたが、急遽《きゅうきょ》、オランダ・アムステルダムの空港を経由する便《びん》に変更《へんこう》することに。しかも、1時間の待機の予定が、機体の整備《せいび》で4時間ほど出発が延《の》びたのです。

空港には、十数人のメンバーが駆《か》け付けていました。伸一は語ります。「お題目の力《ちから》に勝《まさ》るものはありません。何があっても唱題《しょうだい》し抜《ぬ》いた人は勝ちます」「題目こそが、幸福の源泉《げんせん》なんです。どうか、このことを強く確信して、進んでいってください」

その後、伸一はメンバーと共に空港近くの公園に向かいます。青空の下、風車小屋がある公園の芝生《しばふ》の上で、座談会が行われ、彼は一人一人に励ましを送ります。〝青空座談会〟は、オランダの友の「不滅《ふめつ》の原点」です。それは、師の指導を求める真剣な祈りによって実現しました。

「題目に勝る力なし」――この確信で前進することが、広布の歴史を切り開いていくのです。

第 17 巻

解説編

紙上講座

池田博正 主任副会長

ポイント

①「広布第2章」の展開《てんかい》
②「師弟の道」を歩む
③21世紀は女性の世紀

東日本大震災《だいしんさい》から9年がたった今月11日（＝2020年3月）、池田先生は随筆「冬は必ず春となる」を発表されました。

その締《し》めくくりで、今再《ふたた》び心肝《しんかん》に染《そ》めたい御金言《ごきんげん》として、「開目抄《かいもくしょう》」の「我並《われなら》びに我《わ》が弟子・諸難《しょなん》ありとも疑《うたが》う心なくば自然《じねん》に仏界《ぶつかい》にいたるべし、天の加《か》護《ご》なき事を疑はざれ現世《げんぜ》の安穏《あんのん》ならざる事をなげかざれ」（御書234ページ）を拝《はい》されています。

「民衆城《みんしゅうじょう》」の章にも、この一節が出てきます。

1973年（昭和48年）4月に行われた本部幹部会の場面です。山本伸一《やまもとしんいち》は、前月の本部幹部会でも、この御文《ごもん》を拝読し、**「ここには、信心の極意《ごくい》が示されております。この一節を、生涯《しょうがい》にわたって、生命の奥《おう》底《てい》に刻《きざ》み込《こ》んでください」**（266ページ）と呼《よ》び掛《か》けます。

世界が大きな困難《こんなん》に直面している今、私たちは大聖人の御確信を生命に刻み、社会の安穏と人々の幸福を真剣《しんけん》に祈りつつ、「知恵《ちえ》と慈悲《じひ》の自分発の挑戦」に取り組みたいと思います。

「広布第2章」の本格的な開幕《かいまく》を迎《むか》えた1973年

動画で見る
セイキョウオンラインのトップページからも視聴できます

は、「教学の年」であり、別名「青年の年」とされました。**「新しき発展のためには、教学の研鑽《けんさん》に励《はげ》み、仏法の理念を究《きわ》めていくことが不可欠」**（10ページ）であり、**「青年が広布の前面に躍《おど》り出《で》て」**（26ページ）いくことが、広宣流布の方程式だからです。

伸一は男子部に対して、**「自発《じはつ》の決意と能動《のうどう》の実《じっ》践《せん》なき人は、もはや第二章の戦いを担《にな》う勇士ではない」**（101ページ）と訴《うった》えます。広布の活動は、〝誰《だれ》かに言われたから〟という義務や受け身ではなく、自《みずか》らが誓《ちか》いを立てて挑《いど》むものです。「自発能動」だからこそ、成長があり、歓喜《かんき》があるのです。

73年、伸一《しんいち》はまず本陣《ほんじん》・東京の激励に奔走《ほんそう》します。その後、各方面・県の強化に全力を注《そそ》いだことが、「緑野《りょくや》」の章につづられています。

彼は以前から、**「それぞれの方面、県で、地域に即《そく》した広宣流布の構想と運動を練《ね》り上げ、自主的に活動を推進《すいしん》していく必要がある」**（342ページ）と考え、県長制の導入《どうにゅう》を提案《ていあん》。この年の9月に全国的に布陣《ふじん》が整《ととの》い、**「各県がそれぞれの特色を生かしながら、独自の広宣流布の歩みを開始」**（382ページ）していきました。

また、**「『世界広布第二章』の暁鐘《ぎょうしょう》」**（316ページ）となる「ヨーロッパ会議」が5月に設立され、「パン・アメリカン連盟《れんめい》」（8月）、「東南アジア仏教者文化会議」（12月）の結成へと続き、2年後の75年（同50年）1月26日、SGI（創価学会インタナショナル）が誕《たん》生《じょう》しました。

「広布第2章」に入り、「地域広布」「世界広布」の展開《てんかい》を見据《みす》え、伸一は次々と手を打ちました。彼が**「『今年こそ』の一念」**（9ページ）で蒔《ま》いた種子は、見事に花開いていったのです。

遠心力《えんしんりょく》と求心力《きゅうしんりょく》

「広布第2章」を迎え、青年部は核兵器廃絶《かくへいきはいぜつ》のための署名運動《しょめいうんどう》などに取り組みます。社会に開かれた運動を展開するにあたって、**「心すべきことはなんでしょうか」**（15ページ）との青年部のリーダーの問いに、伸一《しんいち》は**「師弟の道を歩め」**（16ページ）と答えます。

彼は、「仏法を社会に開いた運動」を円運動《えんうんどう》の遠心《えんしん》力《りょく》に、「師弟不二《ふに》の精神」を求心力《きゅうしんりょく》に例《たと》え、**「遠心力が強くなればなるほど、仏法への強い求心力が必要になる」**（同ページ）と強調します。

そして、初代会長・牧口常三郎《つねさぶろう》先生と第2代会長・戸田城聖《じょうせい》先生の師弟の関係を通して、**「私も、徹《てっ》底《てい》して戸田先生に仕《つか》え、守り、弟子の道を全《まっと》うしてきた」**（25ページ）と語ります。

小説『人間革命』第10巻にも、**「師弟不二の道を貫《つらぬ》くこと」**（73ページ）の大切さが書きとどめられています。その道を歩むとは、**「師の意図《いと》が、脈動《みゃくどう》となって弟子の五体をめぐり、それが自発能動の実践の姿をとる」**（130ページ）ことであり、**「困難《こんなん》にして強盛《ごうじょう》な信仰《しんこう》の深《しん》化《か》を必要とする」**（同ページ）と結論《けつろん》しています。

学会は今、青年部の「SOKAグローバルアクション2030」をはじめ、数多くの平和・文化・教育の運動を展開しています。多角的な取り組みを推進するからこそ、私たちは「師弟」という根本軌《き》道《どう》を、決して忘れてはなりません。

『新・人間革命』第17巻「本陣《ほんじん》」の章に、**「『師弟の道』は峻厳《しゅんげん》である」**（24ページ）と記されています。「峻厳」であるがゆえに、どこまでも「自行化他の実践」に徹《てっ》し抜《ぬ》くことが肝要《かんよう》です。

伸一は、戸田先生と心で対話してきました。**「先生ならば、どうされるか。今の自分をご覧《らん》になったら、なんと言われるか――常《つね》に自身にそう問い続けています」**（25ページ）。日々、師匠と胸中《きょうちゅう》で対話しながら前進していく中に、自身の人間革命があるのです。

深い宿縁《しゅくえん》の学園生

1973年（昭和48年）元日《がんじつ》に行われた各部部長会

で、伸一《しんいち》は女子部のリーダーに、**「二十一世紀は『女性の世紀』」**（27ページ）と万感《ばんかん》の思いを語ります。

彼は、これからの目指すべき女性像について、**「豊かな個性をもち、文化や政治などの社会的な問題に対しても積極的に関《かか》わり、創造的《そうぞうてき》な才能を発揮《はっき》」**（113ページ）していくことのできる〝全体人間〟であると考えます。

そして、**「女性が平和主義という本然《ほんねん》の特質を発揮し、社会、国家、さらには世界を舞台《ぶたい》に活躍《かつやく》していくための教育を行う学園」**（111ページ）が、関西の地に開校したのです。

「希望」の章には、創価女子学園（現・関西創価学園）の歩みが記されています。

高校1期生は、伸一が事実無根《むこん》の選挙違反《いはん》の容疑《ようぎ》で不当逮捕《たいほ》された「大阪事件」の年に生まれた世代であり、中学1期生は、第3代会長に就任《しゅうにん》した年に生まれた世代です。そこに、彼は深い宿縁《しゅくえん》を感じます。

創立者の伸一は入学式で、**「理想を秘《ひ》めた〝日常の行動〟のうえに、見事な伝統が生まれ、それが花咲《はなさ》き、次の世代へと伝えられていく」**（131ページ）と語ります。

この言葉を胸に、彼女たちは努力を重《かさ》ね、学園の美しい伝統を築きます。それは、後輩にも受《う》け継《つ》がれていきました。

21世紀の開幕を目前にした2000年（平成12年）12月、関西女性総会の意義を込めた本部幹部会が開催されました。席上、伸一はこう語ります。

「今、時代は、音をたてて変わっている。社会でも、団体でも、これからは女性を尊重《そんちょう》し、女性を大切にしたところが栄《さか》えていく」（第30巻〈下〉「誓願」の章、431ページ）

平和を愛し、命を慈《いつく》しむ「女性の力《ちから》」こそ、21世紀を「生命の世紀」へと導《みちび》く源泉《げんせん》です。

名言集

君が太陽であれ

どんなに深い闇《やみ》でも、太陽が昇《のぼ》れば、すべては光に包《つつ》まれる。太陽は常《つね》に燃えているからです。状況《じょうきょう》がどうあれ、君が太陽であればいいんだ。

（「本陣《ほんじん》」の章、69ページ）

人間革命の大舞台《おおぶたい》

苦闘《くとう》するということは、自身の人間革命の大舞台《おおぶたい》に立ったということなんです。それを乗り越え、勝利した時の喜び、爽快感《そうかいかん》は、何よりも、誰《だれ》よりも大きい。

（「本陣」の章、95ページ）

自他共の幸福

人間の偉大《いだい》さは、自分のためだけに生きるのか、自他共の幸福のために生きようとするのかによって決まるといえる。

（「希望」の章、170ページ）

地《じ》涌《ゆ》の菩《ぼ》薩《さつ》の大生命

広布の使命を自覚《じかく》し、戦いを起こしていく時、地《じ》涌《ゆ》の菩《ぼ》薩《さつ》の大生命が、わが胸中《きょうちゅう》に脈動《みゃくどう》します。それが何ものにも負けない強靭《きょうじん》な生命力《せいめいりょく》をもたらし、自《みずか》らの境涯《きょうがい》を高め、広げていくんです。

（「民衆城《みんしゅうじょう》」の章、323ページ）

題目第一

不信というのは、生命の根本的な迷《まよ》いであり、元品《がんぽん》の無明《むみょう》です。それは不安を呼《よ》び、絶望へと自身を追《お》い込《こ》んでいきます。その自分の心との戦いが信心です。その迷いの心に打ち勝つ力《ちから》が題目なんです。ゆえに、題目第一の人こそが、真の勇者《ゆうしゃ》なんです。

（「緑野《りょくや》」の章、328㌻）

第4回健康祭で、池田先生が合図のピストルを鳴らす（1985年10月10日、大阪・交野市の関西創価学園で）

見渡す限りの緑が広がるフランス・ロワール（1973年5月、池田先生撮影）。「希望」の章には、山本伸一が自ら撮影したロワールの写真を、創価女子学園（当時）に贈ったことがつづられている

『新・人間革命』

第18巻

「聖教新聞」連載

(2005年10月12日付〜2006年6月15日付)

第18巻

基礎資料編

各章のあらすじ

物語の時期

1973年(昭和48年)7月7日〜74年(同49年)1月31日

「師子吼《ししく》」の章

1973年（昭和48年）9月8日、東京の有楽座《ゆうらくざ》で、山本伸一《やまもとしんいち》の小説を原作にした映画「人間革命」がロードショー公開され、その後、全国で上映される。

映画化のきっかけは、原作に感動したプロデューサーの要請《ようせい》だった。伸一も撮影《さつえい》現場を訪《おとず》れ、俳優《はいゆう》やスタッフを励《はげ》ますなど、誠心誠《せいしんせい》意《い》、応援《おうえん》した。当代一流の映画人が総力を挙《あ》げた作品は、記録的な大ヒットとなる。76年（同51年）には続編が公開され、これも大好評《だいこうひょう》を博《はく》する。

「言論《げんろん》・出版問題」以来、聖教新聞社の一部の記者に、安易《あんい》に社会に迎合《げいごう》して、信心を軽視《けいし》してしまう風潮《ふうちょう》が生《しょう》じていた。

その本質は仏法への確信の喪失《そうしつ》にあった。

伸一は足繁《あししげ》く新聞社を訪れ、記者をはじめ、職員と懇談《こんだん》を続けた。記事の書き方から生活態度までアドバイスしながら、〝広布の使命に生き抜《ぬ》け！〟〝仏法の眼《まなこ》を磨《みが》け！〟と、職員の根本精神を教えていく。

さらに73年の5月3日には、通信員大会に出席し、「永遠に世界の庶民《しょみん》の味方たれ」など、聖教新聞の基本理念を発表する。正義の「師子吼《ししく》」を放《はな》つ言論城が、伸一の手づくりでそびえ立っていったのである。

〝学会精神が脈打《みゃくう》つ、後継《こうけい》の人材を育てねばならぬ〟——山本伸一《やまもとしんいち》は、その決意で1973年（昭和48年）の夏季講習会に臨《のぞ》み、約10万人の参加者を全力で激励《げきれい》する。

そのなかには、男子部の人材育成グループ「白糸会《しらいとかい》」もいた。彼らは、5年前の夏季講習会の折、伸一と共にボートに乗るなどしたメンバーであり、一段《いちだん》と成長した姿《すがた》での再会となった。

8月18日、彼はハワイで開催《かいさい》された北・中・南米の代表者会議に出席。席上、各国の協力のため「パン・アメリカン連盟《れんめい》」が結成される。

9月には北海道へ。13年ぶりに訪《おとず》れた厚田村（当時）では、「村民の集い」に招《まね》かれる。村を挙《あ》げての歓迎《かんげい》は、戸田先生の故郷《こきょう》を楽土《らくど》にと願う伸一と同志が築いた、信頼《しんらい》の結実《けつじつ》であった。

「師恩《しおん》」の章

帰京後も、埼玉や、「'73山陰郷土《さんいんきょうど》まつり」が行われる島根、さらに鳥取を訪問《ほうもん》。

どの地にあっても、同志は、伸一との「師弟共戦」を誓《ちか》い、新たな出発を開始する。

11月、彼は、栃木の県幹部総会に、尋常《じんじょう》小学校の恩師・檜山《ひやま》夫妻を招待し、恩師をたたえる。それは、伸一の、「師恩《しおん》」に報《むく》いようとする、仏法者としての信念の発露《はつろ》でもあった。

「前進」の章

1973年（昭和48年）11月10日、山本伸一《やまもとしんいち》は四国を訪問《ほうもん》する。愛媛の同志は、聖教新聞の購読推進《こうどくすいしん》をもって、彼を迎《むか》えた。松山会館（当時）で伸一は、〝無冠《むかん》の友〟たちが育てた菊《きく》の鉢《はち》植《う》えを鑑賞《かんしょう》し、そのメンバーを「菊花《きっか》の友」とするよう提案する。

12日には香川県へ。広宣流布に生き抜《ぬ》き、早世《そうせい》した学生部員の遺《い》徳《とく》を顕彰《けんしょう》する桜の前に立ち、敬意《けいい》を表する。

また13日、徳島県に向かう途《と》中《ちゅう》、津田の松原で求道心をたぎらせた老婦人と出会い、励《はげ》ます。その後、徳島県幹部総会で伸一は、学会員一人一人が、「〝時代の財《たから》〟であり、〝社会の宝石《ほうせき》〟」であると訴《うった》える。

同年は、石油危機《きき》による物価高《ぶっかこう》騰《とう》と不況《ふきょう》が深刻化《しんこくか》し、苦闘《くとう》する同志も多かった。伸一は、東京各区を回りながら、「不況《ふきょう》に負けるな！　今こそ信心で勝て！」と呼《よ》び掛けていく。

12月、本部総会が初めて関西で開催《かいさい》された。

席上、伸一は、時代の建設には、人間生命の変革《へんかく》が必要であると力《りき》説《せつ》する。

翌年の「社会の年」へ、同志は、人間主義の新時代を開くため、勇んで大前進を開始する。

１９７４年（昭和49年）の新年勤行会で山本伸一《やまもとしんいち》は、「大悪は大善《だいぜん》の来《きた》るべき瑞相《ずいそう》」（御書１４６７㌻）との御書を拝《はい》し、学会は逆境を希望に転ずる確信で「社会の年」を出発。

１月19日、伸一は、九州大学会総会に臨《のぞ》み、翌20日、北九州での第22回「青年部総会」に出席する。

席上、青年部は、日本国憲法《けんぽう》擁《よう》護《ご》のアピールを採択《さいたく》。反戦出版や核廃絶《かくはいぜつ》一千万署名《しょめい》などの運動が打ち出される。

伸一は、１月26日、鹿児島から香港《ホンコン》へ。初訪問《はつほうもん》の61年（同36年）には、10世帯ほどであった香港のメンバーは、13年で８０００世帯に大発展《だいはってん》。同志は、誤認識《ごにんしき》の批判《ひはん》をはね返し、社会に着実に信頼《しんらい》を広げてきた。

「飛躍《ひやく》」の章

28日、香港会館で香港広布13周年記念の集いが行われる。彼は、「仏法即《そく》生活なれば、一人も漏《も》れなく功徳《くどく》の生活の実証を！」など三つの指針《ししん》を示す。そして、会館の庭での祝賀会に、メンバーが用意した中国服で参加し、交流のドラマをつづる。

また、香港大学、香港中文大学などを訪《おとず》れ、文化・教育交流の新たな一歩を踏《ふ》み出す。さらに、「東南アジア仏教者文化会議」に出席。世界広布の「飛躍《ひやく》」の時をつくり続ける。

山本伸一の激励行《げきれいこう》

1973.1.1~74.1.31

※第17巻、第18巻に記された行事から

〈「広布第二章」に入り、山本伸一《やまもとしんいち》は、各方面の強化に、さらに力《ちから》を入れていった〉

創価学会は、まぎれもなく宗教界《しゅうきょうかい》の王者となった。天にそびえ立つ、堂々たる民衆城《みんしゅうじょう》となった。

建物が壮大《そうだい》であればあるほど、一本一本の柱の役割《やくわり》が重要であり、堅牢《けんろう》であらねばならない。

山本伸一は、学会を永遠ならしめるために、各方面、また、各県、各区を、何があっても微動《びどう》だにせぬ黄金柱《おうごんばしら》にしなければならないと、深く心に決めていた。

それゆえに彼は、あの地、この地と、間断《かんだん》なく各地を回り続けた。

（「前進」の章、201㌻）

伊香保町のスケートセンターで行われた「群馬・高原スポーツ大会」で、未来部員に励ましを送る（1973年6月10日）

北海道の厚田村（当時）で開催された「村民の集い」での交流の一こま（1973年9月8日）

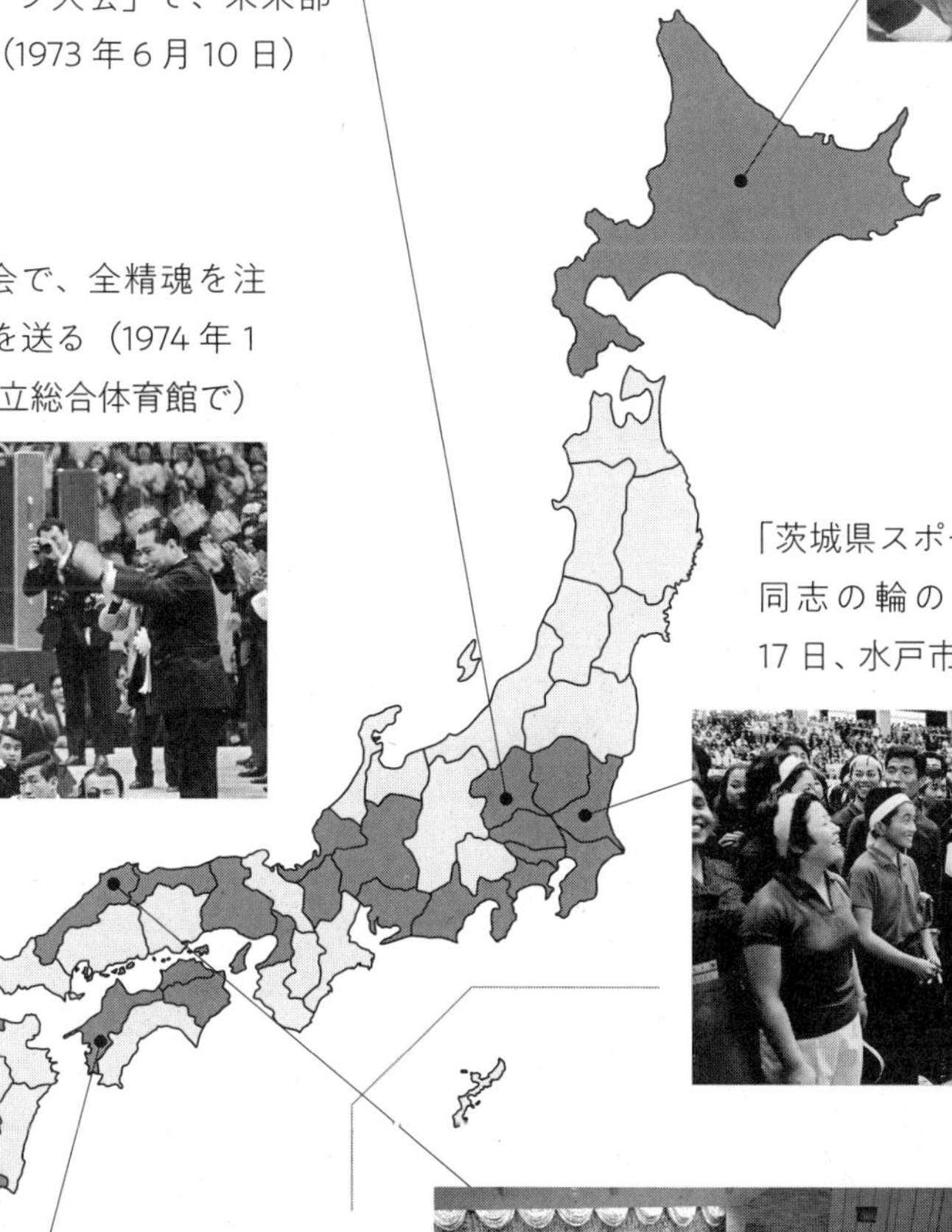

第22回青年部総会で、全精魂を注いで青年にエールを送る（1974年1月20日、北九州市立総合体育館で）

「茨城県スポーツ祭」に出席し、同志の輪の中へ（1973年6月17日、水戸市内で）

「'73山陰郷土まつり」で、友の文化継承の志をたたえる（1973年9月16日、島根県民会館で）

本紙配達員の〝無冠の友〟が育てた菊を鑑賞（1973年11月10日、旧・松山会館で）

■が塗られている地域は、池田先生が訪問した都道府県

小学校時代の恩師と交流

池田先生が、小学校時代の恩師・檜山先生㊨との再会を喜び、思い出を語り合う（1973 年 11 月 6 日、宇都宮市内で）

〈1973 年（昭和 48 年）11 月 6 日、栃木での会合に出席する直前、尋常《じんじょう》小学校時代の恩師・檜山《ひやま》浩平先生と再会する〉

（山本伸一《やまもとしんいち》は）自分が教わった教師全員に、強い感謝の念をいだき、深い恩義を感じていた。いや教師に限らず、自分がこれまでに関《かか》わったすべての人に、同じ思いをいだいていた。それは、仏法者としての、彼の信念によるものであった。

（「師恩《しおん》」の章、195 ～ 196㌻）

10年ぶりに香港を訪問

〈1974 年 1 月、10 年ぶりに香港《ホンコン》を訪《ほう》問《もん》。香港広布 13 周年の記念の集いで、「春が来た」をピアノで奏《かな》でた〉

香港の同志の心には、歓喜《かんき》の花が咲《さ》き薫《かお》っていた。春は、広宣流布の使命に目覚《めざ》め、冬の試練《しれん》に挑《いど》んだ勇者《ゆうしゃ》の胸にある。希望に燃えて突《つ》き進《すす》む「前進の人」の胸にある。

（「飛躍《ひやく》」の章、359㌻）

香港広布 13 周年記念の祝賀会でピアノを演奏（1974 年 1 月、香港会館で）

第18巻
名場面編

「師子吼《ししく》」の章　配達員への感謝忘《わす》れず

〈山本伸一《やまもとしんいち》は、1972年（昭和47年）秋から、執務《しつむ》の中心を聖教新聞社に移し、記者をはじめ、職員一人一人の育成《いくせい》に当たる。その成長に大きな期待を寄《よ》せ、さまざまな激励《げきれい》を重《かさ》ねていった〉

山本伸一は、新聞配達をする少年のブロンズ像《ぞう》を聖教新聞社に贈《おく》った。

高さ約一メートル三十センチの、新聞を携《たずさ》えて走る少年の像である。

これは、第二回「第三文明展」に「無冠《むかん》の友」のタイトルで出品された著名《ちょめい》な彫刻家《ちょうこくか》・小金丸幾久《こがねまるいくひさ》の作品である。

伸一は、この像を、なぜ聖教新聞社に贈ったか、職員に語った。

「新聞を本当に陰《かげ》で支えてくださっている力《ちから》は配達員の方々《かたがた》だ。大雨の日はずぶ濡《ぬ》れになり、吹雪《ふぶき》の日は寒さに凍《こご》えながら、来る日も来る日も、朝早く新聞を配《くば》ってくださる。その方々の健気《けなげ》な日々のご努力があるからこそ、聖教新聞が成り立っている。

私は、その方たちを最大に讃《たた》えたい。そのせめてもの思いとして、この像を聖教新聞社に設置《せっち》したいんです」

伸一の話を聞いた記者たちは、ハッとした。いつの間《ま》にか、新聞が配達されて当然のような感覚になっていたのだ。

その心を見透《みす》かしたように、伸一は言った。

「特に記者の諸君《しょくん》は、〝陰《かげ》の力《ちから》〟である配達員の方々への感謝を、絶対に忘《わす》れてはならない。

一般紙《いっぱんし》の世界では、記者は原稿《げんこう》を書くだけで、購読《こうどく》の推進《すいしん》や配達については無関心であるというのが実情《じつじょう》かもしれない。しかし、聖教新聞の記者は、そうであってはならない。原稿を書き、自《みずか》ら率先《そっせん》して購読推進にあたり、読者の声に耳を傾《かたむ》け、配達員さんを最高に尊敬《そんけい》していくんです。それは、新聞界《しんぶんかい》の改革《かいかく》にもなる」

この新聞少年の像は、伸一《しんいち》によって「広布使《し》者《しゃ》の像」と名づけられ、聖教本社前の庭に設置《せっち》が決まった。

そして、この年（＝1973年）の十二月二十九日、業務総局の職員や配達員、販売店《はんばいてん》の子弟《してい》の代表らと共に、除幕式《じょまくしき》を行《おこな》ったのである。

業務総局の職員には、始業《しぎょう》時間より、一時間以上も前に出勤《しゅっきん》し、配達員や販売店主の無事故を真剣《しんけん》に祈っているメンバーが数多くいた。伸一は、その姿《すがた》をじっと見ていたのである。

樹木《じゅもく》の強《つよ》さは、地中《ちちゅう》の根《ね》によって決まる。大《たい》切《せつ》なのは、見えないところで、陰《かげ》で何をしているかである。業務の職員の懸命《けんめい》な祈りこそ、無事故の原動力《げんどうりょく》なのである。

（中略）人間《にんげん》を育《そだ》てようとするならば、自《みず》らの生命《いのち》を削《けず》ることだ。自分のすべてをなげうつ思《おも》いで、接《せっ》し抜《ぬ》くことだ。

（「師子吼《ししく》」の章、89～90㌻）

「師恩《しおん》」の章　恩を感じ、恩に報《むく》いる

〈1973年（昭和48年）11月、山本伸一《やまもとしんいち》は栃木県幹部総会に、尋常《じんじょう》小学校時代の恩師である檜山《ひやま》浩平先生を招待。再会を果《は》たした〉

檜山は、目を細《ほそ》めながら語った。

「……ご立派《りっぱ》になられて。大変なご活躍《かつやく》、嬉《うれ》しく、誇《ほこ》りに思っておりますよ。先生の本は読ませてもらっています。トインビー博士とも対談をされたんですね」

伸一は、敬愛《けいあい》する恩師に「先生」と言われ、いたく恐縮《きょうしゅく》して答えた。

「はい。人類の未来のために、真剣《しんけん》に語り合いました。檜山先生が、私のことを、そこまで知ってくださっていることに感動しました。

教《おし》え子《ご》をいつまでも思い、大切にしてくださる先生の優《やさ》しさに、心打たれます」（中略）

伸一は、最後に、檜山に言った。

「檜山先生、本日は、本当にありがとうございました。今日《こんにち》の私があるのも、先生のお陰《かげ》でございます。先生の教え子として、誇りをもって、社会のために尽《つ》くし抜《ぬ》いてまいります。先生のご恩は決して忘《わす》れません」

そして、深々《ふかぶか》と、丁重《ていちょう》に頭を下げた。

檜山は、成長した教え子の姿《すがた》に、感無量《かんむりょう》の面《おも》持《も》ちで、笑《え》みを浮《う》かべて語った。

「どうか、体を壊《こわ》さないように頑張《がんば》ってください。もっとも、こう言っても、休む暇《ひま》もないようですが……」

どこまでも教え子を思いやる檜山の心が、伸一の胸に熱く染《し》みた。

伸一は、「檜山先生」だけでなく、自分が教わった教師全員に、強い感謝の念をいだき、深い恩義《おんぎ》を感じていた。

いや教師に限らず、自分がこれまでに関《かか》わっ

たすべての人に、同じ思いをいだいていた。
それは、仏法者としての、彼の信念によるものであった。

仏法の基本には、「縁起《えんぎ》」という思想がある。それは「縁《よ》りて起こる」ということであり、一切の現象は、さまざまな原因と条件が相《そう》互《ご》に関連し合って生《しょう》ずるという意味である。
つまり、いかなる物事《ものごと》も、たった一つだけで成り立つことはなく、すべては互《たが》いに依存《いそん》し合い、影響《えいきょう》し合って成立することを、仏法では説《と》いているのである。
人間《にんげん》もまた、自分一人《ひとり》だけで存在《そんざい》しているのではない。あらゆる人に助《たす》けられ、影響や恩恵《おんけい》を受けて、生きているのだ。その考《かんが》えに立つならば、父母《ふぼ》、兄弟《きょうだい》、教師はもとより、あらゆる人びとに、自《おの》ずから感謝の念《ねん》をいだくことになる。
恩を感じ、恩に報《むく》いるということは、人類共《じんるいきょう》通《つう》の倫理《りんり》といえよう。

（「**師恩**《しおん》」の章、190～196ページ）

「前進」の章　美しい菊《きく》に輝《かがや》く真心

〈1973年（昭和48年）11月、山本伸一《やまもとしんいち》は愛媛へ。地元の同志は、聖教新聞の購読推進《こうどくすいしん》に挑《いど》むとともに、松山会館を菊《きく》の鉢植《はちう》えで飾《かざ》り、伸一を迎《むか》えた〉

販売店主らと話し合って、配達員のメンバーが菊作りを始めたのは、新聞の購読推進に本格的に着手《ちゃくしゅ》した、五月のことであった。

菊を育てた経験のある人など、ほとんどいなかった。しかし、美事《みごと》な大輪《たいりん》の菊で山本会長を迎えようと、水をやり、題目を送り、丹精込《たんせいこ》めて育てていった。

なかには、途中《とちゅう》で虫がつき、また新たに、苗《なえ》から育て始めなければならない人もいた。しかし、それでも、決してあきらめなかった。

メンバーの一念《いちねん》に育《はぐく》まれ、菊は日ごとに伸《の》び、花をつけ始めた。〝無冠《むかん》の友〟は菊の成長を励《はげ》みにし、また、その成長に負けまいと、新聞の購読推進に走った。

皆《みな》、力《ちから》の限り戦った。菊の花も美事に咲《さ》いた。菊は〝無冠《むかん》の友〟の大勝利の象徴《しょうちょう》となった。

戦い抜いた人には、歓喜がある。生命の躍動《やくどう》があり、充実がある。

全員が「私の育てた菊を見てください」とばかりに、喜々《きき》として、鉢植えを会館に運んだ。

菊には、それぞれ名前がつけられていた。「開道《かいどう》の花」「仲良しの花」「題目菊」……。

花の美しさにも増して、皆の真心は、さらに美しく、まぶしかった。

白、黄、赤、紫《むらさき》……。伸一は、一つ一つの菊《きっ》花《か》を、丹念《たんねん》に鑑賞《かんしょう》していった。

彼は、見えにくい二列目、三列目にあった菊花を指差《ゆびさ》して言った。

「いい名前をつけているね」

そこには「共戦の菊」「広布の菊」と書かれ

ていた。その二つの菊《きく》は、花の完成度としては高いものではなかった。（中略）伸一《しんいち》は、不揃《ふぞろ》いの花びらのなかに、菊作りに挑戦《ちょうせん》した同志の、健気《けなげ》な真心を見ていたのである。

「みんな、苦労して育ててくれたんだね……。心の花です。勝利の花です。尊《とうと》い真心が胸《むね》に迫《せま》ってきます。この菊の花を育ててくださった配達員《はいたついん》の方々《かたがた》を、『菊花の友《とも》』と命名《めいめい》しようと思《おも》うが、どうだろうか」

県《けん》の幹部らが答《こた》えた。

「皆、大喜《おおよろこ》びすると思います」

（中略）

「菊を育《そだ》ててくださった皆《みな》さんに、句《く》を詠《よ》んでお贈《おく》りします」

彼《かれ》は、色紙にさらさらと認《したた》めた。

晴《は》ればれと
まごころ薫《かお》る
菊の列《れつ》

（「前進」の章、207～209ページ）

「飛躍《ひやく》」の章　どこまでも友の幸せ願う

〈1974年（昭和49年）1月、山本伸一《やまもとしんいち》は青年部総会に出席。登壇《とうだん》した女子部長の吉川美香子《きっかわみかこ》は、幸福を他《た》に求めがちな、若い女性たちの傾向性《けいこうせい》や悩《なや》みについて掘《ほ》り下《さ》げていった〉

能動的《のうどうてき》な自己《じこ》をつくり、心を大きく、強くすることが、「人間革命」なのだ。

女子部長の吉川美香子は、そのための信仰《しんこう》であることを強く訴《うった》えた。

さらに、真の友を求めながら自《みずか》らが傷《きず》つくことを恐《おそ》れ、深い関《かか》わりを避《さ》ける生き方の背後《はいご》には、根深《ねぶか》い人間不信があることを指摘《してき》していった。

「人の尊《とうと》さも、自分の可能性や強さも信じることができなければ、人間はどうしても臆病《おくびょう》になり、閉鎖的《へいさてき》になります。

しかし、仏法では、すべての人が輝《かがや》かしい個性をもち、その胸中《きょうちゅう》に〝仏〟の生命があると説《と》きます。この法理《ほうり》のもとに、互《たが》いに信じ合い、助け合い、励《はげ》まし合う、この世《よ》で最も美しい宝石《ほうせき》のごとき、若き女性の連帯をつくりあげてきたのが、わが女子部であります」（中略）

「心《こころ》から他人《たにん》の生命の痛《いた》みを分《わ》かち合おうとする時、そこには深《ふか》い友情《ゆうじょう》の絆《きずな》が生まれます。

そして、友を思う真心は、自《おの》ずから仏法対話となっていきます。いわば折伏《しゃくぶく》は、友情の帰結《きけつ》であり、また、それによってさらに強い友情が育《はぐ》まれていきます。不信と猜疑《さいぎ》の渦巻《うずま》く現代社会を蘇生《そせい》させゆくものは、確《かく》たる信条をもった、春風のごとき人間生命の交流です。（中略）

私たち女子部は、『友の幸せのために、私はいかなる苦労も惜《お》しまない。いな、それこそ私の最高の喜びである』と胸《むね》を張って、折伏・弘教《ぐきょう》の実践《じっせん》に邁進《まいしん》していこうではありませんか！」（中略）

日蓮大聖人《にちれんだいしょうにん》は「女子《おなご》は門《もん》をひらく《開》」（御書一五六六㌻）と仰《おお》せである。女子部の友情《ゆうじょう》と仏法対話《ぶっぽうたいわ》の広がりもまた、広宣流布《こうせんるふ》の門を大きく開いていくにちがいない。

女子部時代に折伏に挑戦《ちょうせん》することは、仏法者として、自分の生き方の芯《しん》をつくり上げ、福運を積《つ》むうえで、極《きわ》めて重要なことといえよう。

折伏は、すぐには実《みの》らないかもしれない。しかし、仏法を語り、下種《げしゅ》をし、末永《すえなが》く友情を育《はぐく》んでいくならば、いつか、その人も信心に目覚《めざ》める日が来るものだ。決して結果を焦《あせ》る必要はない。

大事なことは、友の幸福を願う心だ。仏法を語る勇気だ。勇気が慈悲《じひ》にかわるのである。

また、壮年、婦人は、広宣流布の未来のために青年を大切にし、徹底《てってい》して応援《おうえん》し、その育成に全力《ぜんりょく》を注《そそ》がねばならない。（中略）

広宣流布は、後継の青年《せいねん》をいかに育《そだ》てるかに一切《いっさい》がかかっているのだ。

（「飛躍《ひやく》」の章、308～311㌻）

第18巻

御書編

創価の世界に輝《かがや》く精神の財《たから》

御文

上野殿御返事《うえのどのごへんじ》　御書1554ページ

夫《そ》れ海辺《かいへん》には木を財《たから》とし山中《さんちゅう》には塩を財とす、旱魃《かんばつ》には水を財とし闇中《あんちゅう》には灯《ひ》を財とし・女人は夫《おとこ》を財とし夫は女人を命とし……

通解

海辺《うみべ》では木が財《たから》であり、また山中では塩が財である。旱魃《かんばつ》では水が財であり、また闇《やみ》の中では灯火《ともしび》が財である。また、女人は夫《おっと》を財とし、夫は妻を命としている……。

小説の場面から

〈1973年（昭和48年）11月、山本伸一《やまもとしんいち》は徳島県幹部総会で、現代における最も大切な財《たから》とは何かを語る〉

山本伸一の講演となった。（中略）

人びとが財として最も必要とするものは、時代や状況によって異《こと》なっていることを述べ、現代において、最も大切な財とは何かを語っていった。

「現代は、世界的にも『人間性喪失《そうしつ》の時』であり、『生きがいを失《うしな》っている時』であると指摘《してき》されています。

また、『哲学・思想の混迷《こんめい》をきたしている時』でもあります。

ゆえに、『人間性』と『希望』『生命力』こそが現代の財であり、さらに、それを発現《はつげん》することができる『人間が信頼《しんらい》するに足《た》る仏法哲学』こそ、根本となる最高の財なのであります」

その財は、すべて創価学会のなかにあるのだ。

自《みずか》らもさまざまな苦悩《くのう》をかかえながら、皆を幸福にするのだと祈り、願い、走る、わが同志の美しき「人間性」の輝《かがや》きを見るがよい。

絶望と悲哀《ひあい》の淵《ふち》から、敢然《かんぜん》と立ち上がり、「希望」に燃え、「生命力」をみなぎらせて、自身の人生と社会の建設に取り組む、わが同志の姿を直視せよ。

そして、生命の根源《こんげん》の法則を説《と》き明《あ》かし、人間の尊厳《そんげん》の哲理《てつり》を示している日蓮仏法を求め給《たま》え。

われらは、それを実践し、現実生活の上で、その法理の真実を証明してきたのだ。

（「**前進**」の章、259〜260ページ）

生命に潜《ひそ》む魔性《ましょう》を打《う》ち破《やぶ》れ

御文

立正安国論《りっしょうあんこくろん》　御書19ジペー

国土《こくど》乱《みだ》れん時は先《ま》ず鬼神《きじん》乱るる鬼神乱るるが故《ゆえ》に万民《ばんみん》乱る

通解

国土が乱《みだ》れる時はまず鬼神《きじん》が乱れる。鬼神が乱れるゆえに万民《ばんみん》が乱れる。

小説の場面から

〈1973年（昭和48年）12月、山本伸一《やまもとしんいち》は本部総会で講演。石油危機《きき》に始まる、社会の混乱《こんらん》の根本原因について指摘《してき》する〉

「ここでいう『鬼神《きじん》』とは悪鬼《あっき》であり、（中略）生命自体を破壊《はかい》し、福運を奪《うば》う、『人間の内なる作用』であります。現代的に表現すれば、『生命の魔性《ましょう》』の意味であり、人間が完全にエゴにとらわれ切っていく、その本質を『鬼神』と表現したと思われる。

この人間のもつ生命の魔性の跳梁《ちょうりょう》が、『鬼神乱《みだ》る』ということになるのであります」

（中略）

「最初の『国土《こくど》乱れん時は』の『国土』とは、自然環境的《かんきょうてき》な面とともに、『社会』という意味をもっております。自然と人間とを含《ふく》めた総体《そうたい》としての『国土』であり、その国土が乱れる時には、それ以前に、必ず人間のエゴ、いな、エゴよりもっと本質的な生命のもつ魔性が、底流《ていりゅう》として激《はげ》しく揺《ゆ》れ動《うご》くのであります。

その結果、『万民《ばんみん》』すなわち、あらゆる人びとが狂《きょう》乱《らん》の巷《ちまた》へと進み、やがて、その国土、社会は、破《は》滅《めつ》の方向へと走っていく。ゆえに、この『鬼神乱る』という生命の本質を解決する法をもたない限り、社会の乱れを解決することはできない。

したがって、仏法という生命の大哲理《だいてつり》を流布《るふ》する、私ども創価学会の使命はあまりにも大きい。今こそ、広宣流布の新しき潮流《ちょうりゅう》をもって、社会を潤《うるお》す時代がきたことを、私は宣言《せんげん》しておきたいのであります」

（「前進」の章、285～286ページ）

忘れ得ぬ「山本伸一《やまもとしんいち》」役

1976年（昭和51年）に公開された映画「続・人間革命」で、僕は若き日の山本伸一《やまもとしんいち》役を仰《おお》せつかりました。

実在の、しかも存命《ぞんめい》される偉人《いじん》を演《えん》じることに、身の縮《ちぢ》む思いをしていました。初めて先生にお目にかかった時、先生は〝私を演じようとすることはありません。あおい君の青春を、思いっきり映画にぶつけてください！〟とおっしゃってくださいました。春風に雪が解《と》けるように、僕の心は解《と》き放《はな》たれ、ひしひしと映画に対する闘志《とうし》が湧《わ》いてきたのを覚《おぼ》えています。

先生が撮影所《さつえいじょ》に来られた折、セットの〝伸一の部屋〟を懐《なつ》かしそうにご覧《らん》になり、真っすぐ本棚《ほんだな》に進まれ、〝私が当時読んでいたこれらの本を、今よく集められましたね。大変だったでしょう！〟と小道具さんをねぎらわれたのです。多くの苦労と誠実《せいじつ》な努力が報《むく》われた感激《かんげき》を、彼の目に光るものが物語っていました。

スタッフをねぎらった後、先生は僕の肩《かた》を抱《だ》き、〝私の母がね、あおい君の山本青年のスチール写真を見て、私の若い頃《ころ》の面影《おもかげ》がある、と言っていたよ〟とおっしゃってくださいました。先生を育てられたお母さまのお言葉、どれほど力強《ちからづよ》く心に響《ひび》いたか計り知れません。

映画では、戸田城聖《とだじょうせい》先生の事業が、戦後の混乱《こんらん》の煽《あお》りを受けて行き詰《づ》ま

半世紀超《こ》す執筆に思う
識者が語る

俳優
あおい 輝彦氏

り、社員が次々と去っていく中、伸《しん》一《いち》は自《みずか》らの病も顧《かえり》みず、師を支え、一《いっ》首《しゅ》の和歌を捧《ささ》げるシーンがあります。「古《いにしえ》の　奇《く》しき縁《えにし》に　仕《つか》へしを　人は変《かわ》れど　われは変らじ」。このシーンを思い出すと、今でも胸《むね》が熱くなります。

２００７年（平成19年）12月25日、31年ぶりに先生との再会が叶《かな》いました。80歳のお誕生日《たんじょうび》をお祝《いわ》いする花《はな》束《たば》を抱《かか》え、緊張《きんちょう》していた僕を包《つつ》み込《こ》むように、壇上《だんじょう》へいざなってくださったのは香峯子《かねこ》夫人でした。優《やさ》しい笑顔と大きな包容力《ほうようりょく》に緊張がほぐれ、池田先生に対して、「先生、お久しぶりです。山本伸一です！」とあいさつをし、先生の笑顔に触《ふ》れられたことも、忘れ得ぬ幸せな思い出です。

人の心の奥底《おうてい》を見抜《みぬ》き、察《さっ》し、人の持てる最善《さいぜん》、最良のエネルギーを引き出し、人々を幸福へと導《みちび》く池田先生……。

未曽有《みぞう》の困難《こんなん》の今、苦悩《くのう》する人々に差《さ》し伸《の》べられたその手、その指先が、希望に満ちた、輝《かがや》く未来を指し示されることを、願ってやみません。

あおいさんと池田先生が31年ぶりの再会を喜び合う。あおいさんは「先生のあふれる生命力の輝きに圧倒されました」と（2007年12月25日、東京・創価国際友好会館〈当時〉で）

あおい・てるひこ

１９４８年生まれ。ジャニーズ事務所の創立グループ「ジャニーズ」を結成。熱狂的人気を博す。解散後、俳優、歌手として活躍。映画「二百三高地」「犬神家の一族」、テレビ「冬の旅」「水戸黄門」など出演多数。

ここにフォーカス

配達員の皆さまに心から感謝

「前進」の章に、1973年（昭和48年）11月の山本伸一《やまもとしんいち》の愛媛訪問《ほうもん》を、本紙の購読推進《こうどくすいしん》で荘厳《そうごん》しようと、配達員の友が対話に駆《か》け巡《めぐ》ったことが紹介《しょうかい》されています。

聖教新聞は、創価学会の機関紙だから、学会員が購読していればそれでいい――当時は、そうした風潮《ふうちょう》がありました。ところが、愛媛の配達員は、地域に学会理解の輪《わ》を広げるため、「本紙の購読推進」という新たな挑戦を開始していきました。

購読を断《ことわ》られても、配達員の友は唱題で勇気を奮《ふる》い起《お》こし、真心の対話を重ねました。その勇気の炎《ほのお》は、ほかの同志にも広がり、愛媛広布の土壌《どじょう》が耕《たがや》されていったのです。

伸一は、配達員の奮闘《ふんとう》に対して、「地域の人たちに聖教新聞を購読してもらおうというのは、未来を開く新しい発想です。これは、将来の広宣流布運動の基調《きちょう》になるでしょう」とたたえました。

今（＝2020年4月）、新型コロナウイルスの感染《かんせん》が拡大し、社会不安が広がっています。その状況下で、きょうも、私たちのもとに本紙は届《とど》きます。「日本中、世界中の人に読ませたい」――戸田先生の言葉を胸に、感染防止に努めながら、配達に尽力《じんりょく》してくださる方々への感謝は尽《つ》きません。

配達員の皆さま、本当にありがとうございます。皆さまの健康と無事故を、真剣に祈り続けてまいります。

第18巻
解説編

紙上講座

池田博正 主任副会長

ポイント

① 危機《きき》に立ち向かう
② 聖教の使命と役割
③ 「師恩《しおん》」を報ずる

「前進」の章では、「オイルショック」（石油危機《きき》）について詳《くわ》しく触《ふ》れられています。1973年（昭和48年）10月、第4次中東戦争が勃発《ぼっぱつ》し、石油価格が高騰《こうとう》しました。買いだめやモノ不足をはじめ、日本社会に混乱《こんらん》が広がり、世界は不況《ふきょう》に陥《おちい》りました。

山本伸一《やまもとしんいち》は、こうした社会の混乱の根本原因について、御書の「諫暁八幡抄《かんぎょうはちまんしょう》」を拝《はい》しながら、**「その背後には、欲望に翻弄《ほんろう》され、便利さや快適さばかりを求める人間の生き方がある」**（272ページ）と洞察《どうさつ》します。

そして、「法華経の行者・日本国に有《あ》るならば其《そ》の所《ところ》に栖《す》み給《たも》うべし」（御書588ページ）との一節を拝し、諸天《しょてん》善神《ぜんじん》は、私たちの実践《じっせん》によってその働きを示すのであり、**「どこまでも唱題第一に、広宣流布の使命を断じて忘《わす》れることなく、智慧《ちえ》を絞《しぼ》り、活路を開くために努力し抜《ぬ》いていくこと」**（275ページ）を強調しました。

今（＝2020年4月）、新型コロナウイルスの感染《かんせん》拡大によって、世界は大きな危機に直面しています。国連のグテーレス事務総長は、「第2次世界大戦以降《いこう》で最も困難《こんなん》な危機」との認識《にんしき》を示しました。

こうした状況の中、医療《いりょう》に従事《じゅうじ》するドクター部・

動画で見る
セイキョウオンラインのトップページからも視聴できます

白樺《しらかば》の友をはじめ、多くの同志が地域・社会のために奮闘《ふんとう》してくださっています。

青年部は、新たな〝活路を開く〟取り組みを開始しました。不要不急の外出を控《ひか》えることを訴《うった》える「ｓｔａｙｈｏｍｅ（ステイホーム）プロジェクト」や、青年部と医学者による「オンライン会議」が反《はん》響《きょう》を呼《よ》んでいます。さらに、〝歌の力《ちから》〟で困難を乗《の》り越《こ》えようと、歌づくりのプロセスを共有する参加型プロジェクト「うたつく」（歌をつくろう）の輪も広がっています。

「飛躍《ひやく》」の章は、世界経済の激動の中で幕《まく》を開けた１９７４年（昭和49年）元日から始まります。

当時の同志は、**「〝今こそ、私たちが立ち上がるのだ。試練《しれん》の時代だからこそ、仏法を持《たも》った私たちが、希望を、勇気を、活力を、社会に発信していくのだ！〟」**（291ページ）と誓《ちか》い合いました。私たちの信仰《しんこう》は、逆境を〝前進のバネ〟へ転じていく力《ちから》なのです。

混迷の社会の羅針盤《らしんばん》

新型コロナウイルスによる活動自粛《じしゅく》が続く局面において、聖教新聞が果たす役割《やくわり》は大変に大きい。

池田先生は随筆「生命凱歌《がいか》の言論城《げんろんじょう》」（２０２０年４月20日付「聖教新聞」）で、**「『変毒為薬《へんどくいやく》』と『価値創《かちそう》造《ぞう》』の英知を発信する」**聖教の使命を述べられ、**「人間への『励まし（エンカレッジ）』と『内発的な力《ちから》の開花（エンパワーメント）』を促《うなが》す言葉を紡《つむ》ぎ、苦難《くなん》に負けない民衆の心と心をつなぐ柱とならねばならない」**と強調されました。

「師子吼《ししく》」の章では、伸一が、聖教に携《たずさ》わる関係者に対し、時に指針《ししん》を示し、時に万感《ばんかん》の励ましを送る模様《もよう》が描《えが》かれます。

１９７３年５月３日に開催された「全国通信員大会」では、聖教新聞は**「読者を『彼』として扱《あつか》わず、親しい『あなた』として呼びかける新聞であ**

る」（68ページ）と確認。記者に対しては、**「全読者に対して、喜んでいたら共感を表明し、悲しんでいたら勇気づけ」「混乱《こんらん》したら整理し、弱ったら守る」**（同ページ）と具体的にアドバイスをしました。

　第18巻につづられる通り、聖教新聞の土台と発展《はってん》は、師匠《ししょう》の手作りで築かれたものなのです。

　2019年9月、「創価学会　世界聖教会館」が竣《しゅん》工《こう》し、池田先生は足を運ばれ、聖教の歴史に新たな一ページが刻《きざ》まれました。そして2020年4月20日、聖教新聞は創刊《そうかん》69周年を迎《むか》えました。

　世界聖教会館の正面玄関《げんかん》に、「聖教新聞　師弟凱歌《がいか》の碑《ひ》」が設置されています。先生は「聖教の使命はあまりにも深く、重い」「此《こ》の地から、永久《えいきゅう》に師弟共《きょう》戦《せん》の師子《しし》吼《く》が放ちゆかれることを信ずる」と碑文《ひぶん》にとどめられました。

　不安が覆《おお》う時代だからこそ、**「混迷《こんめい》する社会の羅針《らしん》盤《ばん》」**（204ページ）である聖教新聞は、〝人間の機関紙〟として、勇気と希望の大師子吼を轟《とどろ》かせてほしいと思います。

求道の心燃《も》やし

　恩を感じ、恩に報《むく》いるというのは、人類共通の倫《りん》理《り》です。日蓮大聖人《にちれんだいしょうにん》は、「いかにいわうや仏教をならはん者《もの》父母・師匠《ししょう》・国恩をわするべしや」（御書293ページ）と仰《おお》せです。

　人間は、〝父母〟と、生まれてくる〝国〟を選《えら》ぶことはできません。しかし、〝師匠〟は自《みずか》ら求め、自分の中に定《さだ》めることができます。

　「師恩《しおん》」の章では、伸一《しんいち》を人生の師と決めた同志たちの奮闘《ふんとう》が描《えが》かれます。男子部の人材育成グループ「白糸会」のメンバーは、1968年（昭和43年）の結成以来、長きにわたり、伸一から数々の激励《げきれい》を受け、**「一途《いちず》に求道心を燃《も》やし、仏法の師を求め抜いた」**（124ページ）のです。

また、鳥取の女子部員は、小児まひがある中で、「'73山陰郷土《さんいんきょうど》まつり」で、リズムダンス「梨娘《なしむすめ》」を披露《ひろう》。**「自分の尊《とうと》き使命を教えてくれた山本会長《やまもと》に、師恩《しおん》を深く感じながら」**（182ページ）練習に励《はげ》むことで、見事に演じ切ることができました。

同章では、第2代会長・戸田城聖《じょうせい》先生の故郷である北海道・厚田村（当時）を舞台《ぶたい》にした、伸一《しんいち》の「報恩」のドラマもつづられています。

伸一は、1960年（昭和35年）の第3代会長就任《しゅうにん》直後、厚田村を訪問《ほうもん》。この時、恩師・戸田先生に対する伸一の〝師への報恩の思い〟に触《ふ》れた厚田の同志たちは、**「山本先生に代わって、戸田先生の故郷を守り抜こう」**（137ページ）と立ち上がりました。

そして、〝山本先生ならどうされるか〟を真剣《しんけん》に考え、師匠と心を合わせ、地域広布に走り抜きました。

厚田の友の地道な行動によって、信頼《しんらい》が大きく広がりました。73年9月には、伸一を招《まね》いて「村民の集い」が開催され、戸田先生の思いを受け継《つ》いだ「図書贈呈《ぞうてい》」も行われました。

厚田村の広布の伸展《しんてん》は、伸一の戸田先生に対する、そして厚田の友の伸一に対する報恩の証しでもありました。

「心に師をもって戦う人は強い」「師の心をわが心とする時、弟子もまた師の大境涯《だいきょうがい》に連《つら》なり、無限の力《ちから》が湧《わ》く」（140ページ）のです。

師弟不二《ふに》の道こそ、学会の魂《たましい》であり、広宣流布の生命線です。池田先生は、戸田先生の「師恩」に報いる行動に徹《てっ》し抜かれました。

「師恩」とは、弟子が**「師匠以上に成長し、法のため、社会のために尽《つ》くし抜く」**（198ページ）ことにほかなりません。創価三代の師弟の精神を胸に、弟子の道を貫《つらぬ》く——それが、私たち池田門下の実践《じっせん》です。

名言集

新たな長所

自分のハンディや欠点を自覚し、その克服《こくふく》のために、懸命《けんめい》に挑戦《ちょうせん》を開始する時、それは新たな長所となって輝《かがや》く。そこに信心の力《ちから》がある。

（「師子吼《ししく》」の章、14ジペー）

主体者として

自分は傍観者《ぼうかんしゃ》となり、ただ批判《ひはん》をしているだけでは、破壊《はかい》ではないか。主体者となって立ち上がろうとしなければ、自分の成長も広宣流布の建設もない。

（「師子吼」の章、98ジペー）

自身の跳躍台《ちょうやくだい》

人生には必ず悩《なや》みはある。大変だな、辛《つら》いなと思うことも、題目を唱《とな》え抜《ぬ》いていくならば、むしろ、成長のための養分《ようぶん》とし、自身の跳躍台《ちょうやくだい》にすることができる。

（「師恩《しおん》」の章、122ジペー）

無明《むみょう》を打ち破《やぶ》れ

自身の宿命《しゅくめい》の転換《てんかん》は、人頼《ひとだの》みではできないのだ。自らが真剣《しんけん》に信心に励《はげ》み、無明《むみょう》の雲を破《やぶ》って、わが胸中に仏性《ぶっしょう》の太陽を赫々《かっかく》と輝《かがや》かせてこそ、可能となるのである。

（「前進」の章、220ジペー）

第16巻
第17巻
第18巻
第19巻
第20巻

本当の信仰《しんこう》

本当の信仰《しんこう》は努力の原動力となるものだ。いかなる人生の試練《しれん》にも屈《くっ》せぬ自身の力《ちから》を引き出し、人間を強くするためのものだ。

（「前進」の章、228ページ）

広布を決するもの

広宣流布《こうせんるふ》は状況のいかんが決するのではない。同志に脈打つ使命感と確信と歓喜ある限り、前進の大道は開かれるのだ。

（「飛躍《ひやく》」の章、336ページ）

自ら言論戦の先頭に立ち、原稿の執筆に当たる池田先生（1972 年 11 月、東京・信濃町の旧・聖教新聞本社で）

荘厳な夕日が大空を、海面を黄金に染め上げる。ハワイ・マウイ島の光景を、池田先生がカメラに収めた（1973 年 8 月）

『新・人間革命』

第19巻

「聖教新聞」連載
（2006年9月1日付〜2007年4月30日付）

第19巻

基礎資料編

各章のあらすじ

物語の時期

1974年（昭和49年）2月2日～5月26日

1974年（昭和49年）2月、山本伸一《やまもとしんいち》は本土《ほんど》復帰《ふっき》後《ご》初《はじ》めて沖縄を訪問《ほうもん》し、3日、八重山諸島《やえやましょとう》の石垣《いしがき》島《じま》へ。

記念撮影会《きねんさつえいかい》、図書贈呈式《としょぞうていしき》に続き、地元名士や市民も参加する「八重山祭《まつり》」が行われ、伸一も、皆《みな》と一緒《いっしょ》にハッピ姿《すがた》で、踊《おど》りの輪に加わる。

翌日《よくじつ》、「ヤドピケの浜《はま》」で地元のメンバーと懇談《こんだん》。〝八重山の未来を開く信念の灯台に〟と期待を寄せる。

5日、初の八重山諸島の先祖代々追善法要《ついぜんほうよう》を営み、宮古島へ。「宮古伝統文化祭」に出席し、宮古を「人間の平和と幸福の都《みやこ》」にと語る。

翌日、シートーヤー（製糖《せいとう》小屋）の開所式に臨《のぞ》むなど、同志を激励《げきれい》し続けた。

「虹《にじ》の舞《まい》」の章

那覇に戻《もど》った伸一は、沖縄3大学会の合同総会で、全国に先駆《さきが》けて、高校会の結成を発表。

8日の沖縄広布20周年記念総会では、「沖縄を幸福と平和建設の模範《もはん》の島」とし、世界に平和の波動をと訴《うった》える。

9日には、名護《なご》で、「山原祭《やんばるまつり》」を観賞したあと、高校・中学生らの出演者と懇談《こんだん》。戦争体験の証言集出版を提案する。戦争で苦しんだ沖縄こそ平和実現の使命がある。

伸一は、心に虹《にじ》をいだいて前進するよう、沖縄の友を励《はげ》ます。

3月7日、山本伸一《やまもとしんいち》は北・南米訪問《ほうもん》へ旅立《たびだ》った。だが、ブラジルへの入国ビザが下りず、渡伯《とはく》の中止を決断。急遽《きゅうきょ》、中米のパナマを訪問することになる。

18日夜、メンバーの大歓声《だいかんせい》に迎《むか》えられ、パナマ入りした伸一は、翌《よく》19日、国立パナマ大学を訪《おとず》れ、パナマ会館の開所式に出席。この日、パナマは、支部から本部として新出発する。

20日、大統領を表敬《ひょうけい》訪問し、夜にはメンバーの集いで、皆《みな》がパナマの〝平和の主役〟にと励《はげ》ます。

22日、8年ぶりにペルーへ。

8年前の訪問の折には、学会への誤解《ごかい》から警察《けいさつ》関係者の警戒《けいかい》の目が向けられていたが、メンバーは社会に信頼《しんらい》を広げ、状況《じょうきょう》は一変していた。

「凱《がい》歌《か》」の章

伸一は、ペルー会館の開所式や、炎天下《えんてんか》での記念撮影会《きねんさつえいかい》に臨《のぞ》み、全力で激励《げきれい》にあたる。首都リマ市は、彼に「特別名誉市民」称号《しょうごう》を授《じゅ》与《よ》。「世界平和ペルー文化祭」にも市長ら多数の来賓《らいひん》が出席し、社会貢献《こうけん》の同志の「凱歌《がいか》」が轟《とどろ》いた。

伸一は過労で体調を崩《くず》すが、病《やまい》を押《お》して南米最古のサンマルコス大学を訪問。教育の未来を語り合った総長と伸一は、深い友情を結んでいく。

ペルーを発《た》った山本伸一《やまもとしんいち》は、メキシコを経由してロサンゼルスへ。3月29日には、マリブ研修所で、青年部の代表や若手通訳《わかてつうやく》らと懇談《こんだん》する。

4月1日、カリフォルニア大学ロサンゼルス校（UCLA）を訪《おとず》れ、「21世紀への提言」と題して記念講演を行う。仏法の生命観を通し、「21世紀を生命の世紀に」と訴《うった》えて大好評を博《はく》す。これは、海外の大学・学術機関での最初の講演となった。

2日には、サンタモニカのアメリカ本部で、海外初となる恩師・戸田城聖《じょうせい》の十七回忌法要《かいきほうよう》が行われ、伸一は、人間革命の指標として、健康、青春などの7項目《こうもく》を示す。

サンディエゴ市へ移動した伸一は、6日、「サンディエゴ・コンベンション」に出席する。

翌《よく》7日に開かれた全米総会で彼は、「『社会正義』と『人間革命』の哲学《てつがく》を掲《かか》げて、確たる自身の建設と自由の国アメリカの平和を築いていってください」と訴える。

訪問中、伸一は自《みずか》ら「陽光」となって、出会った人、陰《かげ》の人を励《はげ》まし続けた。

帰国の途次《とじ》には、病床《びょうしょう》から復帰した草創《そうそう》の友のために、予定を変《へん》更《こう》してハワイに立ち寄る。

「陽光」の章

帰国した山本伸一《やまもとしんいち》は、4月26日に長野の県総会へ。28日には、石川へ赴《おもむ》き、北陸広布20周年記念総会に。

その頃《ころ》、青年部の反戦出版委員会では、戦争体験の証言集の編集作業が進められていた。これは、伸一が、恩師の「原水爆禁止宣言《げんすいばくきんしせんげん》」の精神の継承《けいしょう》を青年部に託《たく》したことに応え、取り組んできたものだった。

出版の先陣《せんじん》を切ったのは沖縄青年部であった。凄惨《せいさん》な体験ゆえに沈黙《ちんもく》する人々にも、誠意《せいい》を尽《つ》くして取材を重ねた。そして、1974年（昭和49年）6月、青年部反戦出版の第1号『打《う》ち砕《くだ》かれしうるま島』が発刊された。

続いて広島・長崎の青年部も、被《ひ》

「宝塔《ほうとう》」の章

爆《ばく》体験の取材に取り組み、『広島のこころ—二十九年』『ピース・フロム・ナガサキ』を出版した。

やがて85年（同60年）には、47都道府県を網羅《もうら》した全80巻が完結する。平和と生命の尊厳《そんげん》を訴《うった》える反戦出版は、各界に大きな共感を広げた。

5月26日、伸一《しんいち》は視覚障《しかくしょう》がい者のグループ「自在会《じざいかい》」の集いへ。幾多《いくた》の労苦を越《こ》えてきた友を、全精魂《ぜんせいこん》を注いで激励《げきれい》。〝皆《みな》が尊厳無比《むひ》なる宝《ほう》塔《とう》として自身を輝《かがや》かせゆくのだ〟と心から祈りつつ、共に唱題する。

山本伸一の平和旅

1974年3月7日～4月13日

サンフランシスコ・コミュニティー・センターの開所式に参加し、子どもたちと思い出を刻む（1974年3月9日）

飛行機の給油のためのわずかな時間を使い、同志を励ます（3月28日、メキシコの空港で）

パナマを初訪問。空港には多くのメンバーが駆け付けた（3月18日）

8年ぶりのペルー訪問。首都リマ市から「特別名誉市民」称号が贈られた（3月25日）

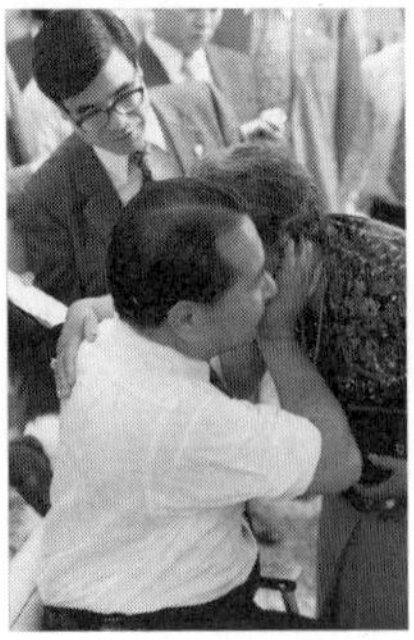

記念撮影会で抱きかかえるようにしてメンバーを激励（3月24日、リマ市内で）

パナマ大学を訪問し、総長らと会談（3月19日）

※点線は空路
メキシコ市は経由地

カリフォルニア大学ロサンゼルス校（UCLA）で「21世紀への提言」と題して講演（4月1日）

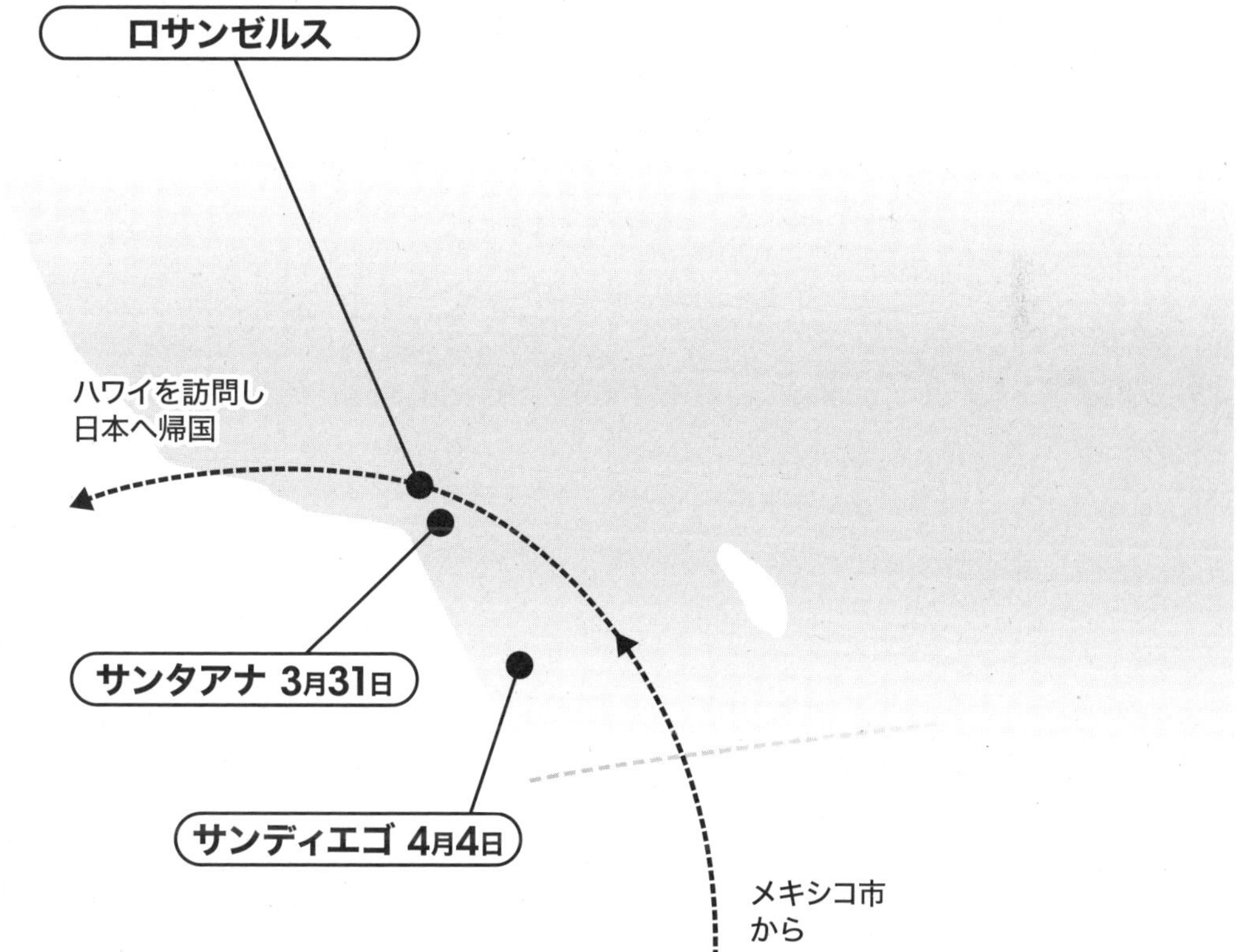

※日付（現地時間）は到着の日

戦争の悲《ひ》惨《さん》さを伝える反戦出版

創価学会青年部は、戦争の記録や証言をまとめた反戦出版「戦争を知らない世代へ」を刊行。1974年（昭和49年）の『打《う》ち砕《くだ》かれしうるま島』（沖縄編）に始まり、10年以上かけて全都道府県編を発刊した。同シリーズはパートⅠ、Ⅱからなり、全80巻に上る。登場する証言者は約3400人、編さんに携《たずさ》わったメンバーは4000人に及《およ》ぶ。

青年部がまとめた反戦出版「戦争を知らない世代へ」と、婦人部の反戦出版シリーズ「平和への願いをこめて」

第19巻
名場面編

「虹《にじ》の舞《まい》」の章　負けないことが勝つこと

〈1974年（昭和49年）2月、山本伸一《やまもとしんいち》は沖縄指導へ。初訪問となる宮古島《みやこじま》では、草創期《そうそうき》に班長《はんちょう》として活躍した伊部盛正《いべもりまさ》をたたえるヤシの木を植樹《しょくじゅ》し、妻のトキを励ます〉

島《しま》の人たちの学会への反感は強かった。座談会を開けばタライをガンガン叩《たた》いて妨害《ぼうがい》されたこともあった。

それでも彼（＝伊部盛正）は、〝宮古の人たちを幸せにするために、断じて負けるわけにはいかない！〟と、一歩も引かなかった。

燃《も》える一念がある限り、破《やぶ》れぬ壁《かべ》はない。やがて同志は三十世帯ほどに広がり、島の東部に班が結成された。

ところが、一九六七年（昭和四十二年）七月、盛正は風邪《かぜ》をこじらせ、急逝《きゅうせい》したのだ。四十六歳の働き盛《ざか》りであった。

伊部《いべ》夫妻《ふさい》には七人の子《こ》どもがいた。一番下《いちばんした》はまだ二歳で、その上の子も四歳である。幼子《おさなご》を抱《かか》えて、妻のトキは途方《とほう》に暮《く》れた。

（中略）

夫の死を契機《けいき》に、周囲の学会への批判《ひはん》は一段と激《はげ》しくなった。地域からは除《の》け者《もの》にされ、子どもも学校でいじめられた。

悔《くや》し涙《なみだ》を流しながら、トキは誓《ちか》った。

〝私は負けない！〟（中略）

地を這《は》うようにして働きながら、亡《な》き夫の志《こころざし》を受《う》け継《つ》ぎ、歯を食いしばって信心を貫《つらぬ》いてきた。（中略）

記念植樹に臨《のぞ》んだトキは感慨無量《かんがいむりょう》であった。

植樹のあと、伸一は彼女に声をかけた。

「大変でしたね。全部わかっていますよ」

温《あたた》かく力強《ちからづよ》い声であった。こぼれそうになる涙をトキは懸命《けんめい》に堪《こら》えた。

「今はまだ苦しいかもしれないが、あなたは

既《すで》に勝っているんです。負けないということは、勝つということなんです。

これからは、このヤシの木をご主人だと思って、お子さんと一緒《いっしょ》に希望の年輪《ねんりん》を刻《きざ》んでいってください。ご主人は、じっと見ていますよ。信心し抜《ぬ》いていくならば、最後は必ず幸せになる。すべて、そのためのドラマなんです」

彼女は、声をあげて泣き始めた。

「大丈夫だ。大丈夫だよ。御本尊がついているじゃないか。私が見守っています」

トキは涙を拭《ぬぐ》い、顔を上げ、大きく頷《うなず》いた。その目は、決意に燃《も》え輝《かがや》いていた。（中略）

一家の生活は、まだまだ苦しかったが、トキには、もはや恐《おそ》れはなかった。胸には、まばゆい希望の虹《にじ》が光っていた。

生命《せいめい》が広宣流布《こうせんるふ》の使命《しめい》に燃える時、苦悩《くのう》の闇《やみ》は消《き》え去《さ》る。現実《げんじつ》は昨日《きのう》と同じであっても、一念《いちねん》の転換《てんかん》は境涯《きょうがい》を変え、わが世界《せかい》を変えるのだ。

（「**虹《にじ》の舞《まい》**」の章、60〜62ﾍﾟｰｼﾞ）

「凱歌《がいか》」の章　感謝の心こそ幸福の源泉《げんせん》

〈1974年（昭和49年）3月、山本伸一《やまもとしんいち》はペルーを訪問《ほうもん》。ペルーの同志は、理事長のビセンテ・セイケン・キシベを中心に奮闘《ふんとう》を重ね、学会に対する社会の認識《にんしき》を大きく変えてきた〉

伸一の一行《いっこう》がやってきたのは、海岸沿《かいがんぞ》いに近《きん》代的《だいてき》なビルが立《た》ち並《なら》び、商業《しょうぎょう》の中心《ちゅうしん》となっている新市街にある、ミラフローレスと呼《よ》ばれる地《ち》区《く》であった。ミラフローレスは「花《はな》を見る」街《まち》の意味《いみ》で、その名《な》のように、公園《こうえん》にも沿道《えんどう》にも、色《いろ》とりどりの花が風《かぜ》に揺《ゆ》れていた。

伸一は、一軒の洋服店を見つけると、店の中に入っていった。

キシベが尋《たず》ねた。

「先生、洋服をお買い求めになるのですか」

「そうです。あなたに服をプレゼントしたいんですよ」

伸一は、理事長のキシベが、着古《きふる》したスーツを着て、前歯《まえば》も抜《ぬ》けたままになっているのを見て、胸を締《し》めつけられる思いがしていたのだ。

キシベは、写真店のほかに、文房具店《ぶんぼうぐてん》も営《いとな》んでいるというが、生活は決して楽ではないようだ。つましい暮《く》らしのなかで、生活費を切《き》り詰《つ》め、交通費を工面《くめん》しては、メンバーのために地方を回っているのであろう。

広宣流布《こうせんるふ》のために、喜び勇《いさ》んで私財《しざい》を投《とう》じて戦う――尊《とうと》い菩薩《ぼさつ》の振《ふ》る舞《ま》いである。その信心の「志《こころざし》」は、永遠の大福運となることは間違《まちが》いない。

伸一は笑顔で言った。

「キシベさんは、私に代わって、ペルーの同志の幸せのために、すべてをなげうって、戦ってくださった。その功労《こうろう》を讃《たた》え、御礼《おんれい》として、スーツをお贈《おく》りしたいんです。お好きなものを選んでください」

「いや、それは……」

キシベは、ありがたさと申し訳《もうわけ》なさに、胸がいっぱいになった。

「私は、まだまだ、先生のご期待にお応えできてはおりません。本当に不甲斐《ふがい》ない限りです。私には、先生にスーツを買っていただくような資格はございません」

伸一《しんいち》は、諭《さと》すように語った。

「これは私の、せめてもの真心《まごころ》です。日本にいる弟からのお土産《みやげ》だと思ってください。さあ、遠慮《えんりょ》なく！」

そして、自《みずか》ら、キシベに似合いそうな服を探《さが》し始めた。

「先生、そんな、もったいない……」

キシベは目頭《めがしら》を潤《うる》ませながら、「すいません。では、お言葉に甘《あま》えさせていただきます」と言って、深く頭を下げた。

謙虚《けんきょ》な人には感謝がある。感謝の心は、感動と感激《かんげき》を生み、幸福の源泉《げんせん》となる。

キシベが選《えら》んだのはグレーのスーツであった。


（「凱歌《がいか》」の章、157～159ページ）

「陽光《ようこう》」の章　師の真心光る創価の世界

〈1974年（昭和49年）4月、アメリカを訪《おとず》れていた山本伸一《やまもとしんいち》はハワイへ向かう。心臓発作《しんぞうほっさ》を起こして倒《たお》れた、パシフィック方面長のヒロト・ヒラタを見舞《みま》うためであった〉

機中《きちゅう》、伸一は、パシフィック方面長《ほうめんちょう》のヒロト・ヒラタのことを、祈《いの》り続けていた。

ヒラタは、既《すで》に退院《たいいん》したとの報告《ほうこく》を受けてはいたが、実際《じっさい》にどこまで健康《けんこう》を回復《かいふく》しているのか、心配《しんぱい》でならなかったのである。（中略）

ヒラタは、伸一のハワイ訪問《ほうもん》を前に退院した。しかし、まだ、本格的に健康を回復したわけではなかった。

四月十日、ヒラタは空港に駆《か》けつけ、伸一の到着《とうちゃく》を待っていた。（中略）

「先生！」

ヒラタが叫《さけ》んだ。

「おおっ、リキさん」

伸一は、ヒラタのニックネームを呼《よ》ぶと、駆け寄《よ》り、彼の手を強く握《にぎ》り締《し》めた。

百キロを超《こ》えていた巨体《きょたい》の〝リキさん〟は、すっかり痩《や》せ細《ほそ》り、痛々《いたいた》しいほどであった。

伸一は、彼を抱《だ》き締《し》めながら言った。

「リキさん、まだ、倒《たお》れちゃだめだよ。心配したよ。ずっと、ご祈念《きねん》していたんだよ。……でも、元気になってよかった。本当によかった」

「先生……」

ヒラタは、こう言ったきり、絶句《ぜっく》した。

自分《じぶん》のことを気遣《きづか》い、わざわざハワイに寄《よ》ってくれた伸一の心《こころ》を思《おも》うと、申《もう》し訳《わけ》なさと、ありがたさで胸《むね》がいっぱいになり、言葉《ことば》が出なかったのである。

ヒラタの目から、大粒《おおつぶ》の涙《なみだ》があふれた。

伸一は、包《つつ》み込《こ》むような微笑《びしょう》を浮《う》かべて、

語っていった。

「リキさん、題目しかないよ。今こそ信心で宿命《しゅくめい》を乗《の》り越《こ》える時だ。広宣流布《こうせんるふ》に生き抜《ぬ》く決意を定めることだよ。それが宿命転換《てんかん》の原動《げんどう》力《りょく》だ」

広宣流布をわが使命として生きる時、わが身に地涌《じゆ》の菩薩《ぼさつ》の大生命力が脈打《みゃくう》ち、宿命の鉄鎖《てっさ》は打《う》ち砕《くだ》かれていくのだ。（中略）

ヒラタは、ポロポロと涙を流しながら言った。

「もう、大丈夫です。ご心配をおかけして申《もう》し訳《わけ》ありません。頑張《がんば》ります。断固、頑張ります」

伸一《しんいち》がヒラタを励《はげ》ますのを、ムームーやアロハシャツを着た地元のメンバーも、共に目を潤《うる》ませながら、じっと見ていた。

一人の弟子を思う師の心に、皆、感動せずにはいられなかった。

〝これが、創価学会の師弟の世界なのか！〟

メンバーは、伸一の振《ふ》る舞《ま》いを通して、仏法の師弟の真髄《しんずい》を学んでいったのである。

（「**陽光**《ようこう》」の章、282〜286ページ）

「宝塔《ほうとう》」の章　被爆《ひばく》体験を平和の使命に

〈広島の金子光子《かねこみつこ》は、14歳の時に被爆《ひばく》し、大やけどを負《お》った。苦しみの中を生き抜《ぬ》き、同じ被爆者と結婚。長女を授《さず》かる〉

喜《よろこ》びも束《つか》の間《ま》、彼女は出産直後《しゅっさんちょくご》から、貧血《ひんけつ》や頭痛《ずつう》に苛《さいな》まれた。

また、娘《むすめ》は、生まれながらの虚弱体質《きょじゃくたいしつ》であった。娘が三歳になったころ、つまずいて、よく転《ころ》ぶことが気になった。

医師に診《み》てもらうと、重度の視力障害《しりょくしょうがい》で、失明《しつめい》に近い状態であるとの診断《しんだん》であった。

〝この子には、なんの罪もない！　原爆《げんばく》は、私たちを、どこまで苦しめるのか……〟

打ちのめされるような思いがした。自分の運命を呪《のろ》った。そんな時、地域の婦人から仏法の話を聞き、金子は入会を決意したのである。娘《むすめ》を救いたいとの一心であった。

宿命の転換《てんかん》、そして、人類の恒久平和《こうきゅうへいわ》をめざす広宣流布《こうせんるふ》の運動に、強く共感した。

入会した彼女は、懸命《けんめい》に学会活動に励《はげ》んだ。

一年後、娘を診た担当の医師が尋《たず》ねた。

「別の病院で治療《ちりょう》を受けていますか」

なんと、娘の視力が回復してきたというのだ。

金子は、信仰《しんこう》に励むなかで、原爆の恐《おそ》ろしさを未来に伝え、平和の永遠の礎《いしずえ》をつくることが、被爆者である自分の使命だと考えるようになった。そして、被爆体験を語り継《つ》ぐ会の一員となり、広島を訪《おとず》れる修学旅行生などに、被爆体験を語るようになる。（中略）

一九九三年（平成五年）夏のことである。広島を訪れたインドのガンジー記念館館長のラダクリシュナン博士は、金子光子に尋ねた。

「原爆を投下《とうか》したアメリカをどう思いますか」

彼女は率直《そっちょく》に答えた。

「憎《にく》んだ時期もありました。でも、恨《うら》むこと

に心を費《つい》やすことが、どれほど惨《みじ》めであるか……人生は何に生命《いのち》をかけるかが大切です。私はすべての人の幸福のため、すべての国の平和のために生命を捧《ささ》げます」

憎《にく》しみを乗《の》り越《こ》え、世界の平和のために生命をかける婦人の言葉に、博士は感嘆《かんたん》の声をあげた。

「ワンダフル！」

それから博士は、感動に頬《ほお》を紅潮《こうちょう》させながら、一人の青年に言った。

「あのご婦人の心のなかに、不滅《ふめつ》の力《ちから》がある。あのご婦人の心の行く手に、世界の希望がある」

修学旅行生《しゅうがくりょこうせい》らに原爆《げんばく》の悲惨《ひさん》さを語《かた》り、平和《へいわ》を訴《うった》える、被爆者《ひばくしゃ》である金子光子《かねこみつこ》の言葉《ことば》には、計《はか》り知《し》れない重《おも》みがある。

多くの人たちから、「魂《たましい》を揺《ゆ》さぶられるようであり、強《つよ》い説得力《せっとくりょく》がある」と言われる。

そこには、宿命《しゅくめい》を使命《しめい》に転《てん》じた、人間《にんげん》の蘇生《そせい》の輝《かがや》きがある。

（「宝塔《ほうとう》」の章、348〜350ページ）

第19巻

御書編

御本尊は生命映《うつ》す「明鏡《めいきょう》」

御文

日女御前御返事《にちにょごぜんごへんじ》　御書1244㌻

此《こ》の御本尊《ごほんぞん》全《まった》く余所《よそ》に求《もと》むる事《こと》なかれ・只《ただ》我《わ》れ等《ら》衆生《しゅじょう》の法華経《ほけきょう》を持《たも》ちて南無妙法蓮華経と唱《とな》うる胸中《きょうちゅう》の肉団《にくだん》におはしますなり

通解

この御本尊を決して別《べつ》の所に求めてはならない。ただ、私たち衆生《しゅじょう》が法華経を持《たも》って南無妙法蓮華経と唱える、その胸中《きょうちゅう》の肉団にいらっしゃるのである。

小説の場面から

〈1974年（昭和49年）の「立宗宣言《りっしゅうせんげん》の日」にあたる4月28日、山本伸一《やまもとしんいち》は、北陸の同志に、御本尊《ごほんぞん》の意義《いぎ》について語る〉

仏は、遠い彼方《かなた》の世界にいるのではない。また、人間は神の僕《しもべ》ではない。わが生命が本来、尊極無上《そんごくむじょう》の仏であり、南無妙法蓮華経《なんみょうほうれんげきょう》の当体《とうたい》なのである。ゆえに、自身の生命こそ、根本尊敬《こんぽんそんぎょう》、すなわち本尊となるのである。

そして、その自身の南無妙法蓮華経の生命を映《うつ》し出《だ》し、涌現《ゆげん》させるための「明鏡《めいきょう》」こそが、大聖人が曼荼羅《まんだら》として顕《あらわ》された御本尊なのである。

（中略）

人間の生命を根本尊敬する日蓮仏法こそ、まさに人間尊重《そんちょう》の宗教《しゅうきょう》の究極《きゅうきょく》といってよい。そして、ここにこそ、新しきヒューマニズムの源泉《げんせん》があるのだ。

誰《だれ》もが、平和を叫《さけ》ぶ。誰もが、生命の尊厳を口《くち》にする。

しかし、その尊《とうと》いはずの生命が、国家の名において、イデオロギーによって、民族・宗教の違《ちが》いによって、そして、人間の憎悪《ぞうお》や嫉妬《しっと》、侮蔑《ぶべつ》の心によって、いともたやすく踏《ふ》みにじられ、犠牲《ぎせい》にされてきた。

いかに生命が尊《とうと》いといっても、「根本尊敬」という考えに至《いた》らなければ、生命も手段化《しゅだんか》されてしまう。

（中略）

人間の生命に「仏」が具《そな》わり、〝本尊《ほんぞん》〟であると説く、この仏法の哲理《てつり》こそ、生命尊厳の確固不動《かっこふどう》の基盤《きばん》であり、平和思想、人間主義の根源《こんげん》といってよい。

（「宝塔《ほうとう》」の章、300〜301ジ゙ー）

皆《みな》が使命深き地涌《じゆ》の菩薩《ぼさつ》

御文

末法《まっぽう》にして妙法蓮華経の五字を弘《ひろ》めん者《もの》は男女《なんにょ》はきらふべからず、皆地涌《みなじゆ》の菩薩《ぼさつ》の出現《しゅつげん》に非《あら》ずんば唱《とな》へがたき題目なり

諸法実相抄《しょほうじっそうしょう》　御書1360ページ

通解

末法において妙法蓮華経の五字を弘《ひろ》める者は、男女は問わない。皆《みな》、地涌《じゆ》の菩薩《ぼさつ》の出現でなければ、唱えることのできない題目なのである。

小説の場面から

〈1974年（昭和49年）2月、山本伸一《やまもとしんいち》は、沖縄の友に広布の使命への自覚について訴《うった》える〉

「末法にあって、題目を唱《とな》え、広宣流布の戦いを起こせるのは、地涌《じゆ》の菩薩《ぼさつ》です。

（中略）

私たちは、どんな宿業《しゅくごう》に悩《なや》んでいようが、本来、地涌の菩薩なんです。

宿業も、末法に出現して広宣流布するために、自《みずか》ら願《ねが》って背負《せお》ってきたものなんです。

でも、誰《だれ》を見ても、経済苦《けいざいく》や病苦《びょうく》など、苦しみばかりが目立ち、地涌の菩薩のようには見えないかもしれない。事実、みんな、日々悩み、悶々《もんもん》としている。

しかし、広宣流布の使命を自覚し、その戦いを起こす時、自らの胸中《きょうちゅう》に、地涌の菩薩の生命が、仏の大生命が厳然《げんぜん》と涌現《ゆげん》するんです。

不幸や悩みに負けている仏などいません。苦悩《くのう》は必ず歓喜《かんき》に変わり、境涯《きょうがい》は大きく開かれ、人間革命がなされていく。そして、そこに宿命の転換《てんかん》があるんです」

（中略）

法華経の会座《えざ》において、末法の広宣流布を託《たく》されたのが地涌の菩薩である。そして、その上首《じょうしゅ》・上行《じょうぎょう》菩薩の姿《すがた》を現《げん》じられたのが御本仏《ごほんぶつ》である日蓮大聖人《にちれんだいしょうにん》である。

したがって、私たちは広宣流布の使命に生きる時、地涌の菩薩であるその本来の生命が現れ、大聖人の御生命が、四菩薩の四徳《しとく》、四大《しだい》が顕現《けんげん》されるのである。それによって、境涯革命、人間革命、宿命の転換がなされていくのだ。

（「宝塔《ほうとう》」の章、333～335㌻）

創価の哲学《てつがく》は〝希望の道標《みちしるべ》〟

小説を貫《つらぬ》く主題――〝一人の人間革命が、一国の、さらに全人類の宿命の転換《てんかん》をも可能にする〟――を、最も深く体現《たいげん》している人は、一体誰《だれ》か。

まさしく、池田博士ご自身にほかならないと感じます。

〝全人類の宿命の転換〟を信じ、〝わが人間革命〟に挑《いど》み続けることが、どれほど困難《こんなん》なことでしょうか。「言うは易《やす》く行《おこな》うは難《かた》し」です。約20年間、政治の道を歩んできた私には、博士のご苦労の一端《いったん》が偲《しの》ばれてなりません。

残念ながら、市民や国民全体の利益を考えず、自分のことしか顧《かえり》みない政治家は、いつの時代、いずこの地にも、少なからずいるものです。

政治の次元でも、〝自らが変われば、世界をも変えられる〟という気《き》概《がい》を、希望を、大志《たいし》を抱《いだ》く「誰《だれ》か」がいれば、社会を善《ぜん》の方向へ変革《へんかく》できる――私自身、そう強く確信し、歩みを重ねてきた「一人」だと自負《じふ》しています。

むろん、目標を貫徹《かんてつ》する意志とともに、差異《さい》を受け入れる心や他者を尊重《そんちょう》する気持ちがなければ、そうした行動を持続することはできません。

『新・人間革命』第19巻には1974年、山本伸一《やまもとしんいち》のビザが発給《はっきゅう》されず、ブラジル訪問《ほうもん》を断念《だんねん》する場面が描《えが》かれています。伸一は会員の代表に、「長い目で見れば、苦労したと

半世紀超《こ》す執筆に思う
識者が語る

ブラジル
クリチバ日伯文化援護協会 評議会議長
ルイ・キヨシ・ハラ氏

ころ、呻吟《しんぎん》したところは、必ず強くなる」と電話で激励《げきれい》します。ブラジルSGIの方々《かたがた》にとって、この時の苦悶《くもん》や悔《くや》しさが、今日《こんにち》に至《いた》る社会貢《しゃかいこう》献《けん》等の原動力になっていると伺《うかが》いました。

私は長年、地域友好に励《はげ》む地元SGIのメンバーと交流を重ね、その姿《すがた》を通して、学会の理念、池田博士の哲学《てつがく》や業績《ぎょうせき》への理解を深めていきました。

クリチバ市には、牧口初代会長の名を冠《かん》した市の公園――「牧口常三《つねさぶ》郎《ろう》公園」があります。公園の中心部に立つ牧口会長の胸像《きょうぞう》の設置（99年9月）を、当時、私は市議として推《すい》進《しん》しました。また、2014年に完成したクリチバ文化会館の建設の一端にも携《たずさ》わりました。環境《かんきょう》に配慮《はいりょ》した建物で、近隣《きんりん》から好意的な声が多く寄せられ、うれしい限りです。

パラナ州、またクリチバ市をはじめとする州内各都市で、創価の三代会長、中でも、池田博士への顕彰《けんしょう》が相次いでいます。これは、博士の人生の軌跡《きせき》が、人々の〝希望の道標《みちしるべ》〟である証左《しょうさ》にほかなりません。

池田先生に贈られたパラナ州クリチバ市の「名誉市民」称号の授与式。当時、市議だったルイ・キヨシ・ハラ氏（左端）が「授与の辞」を高らかに読み上げた（1999年5月、東京・信濃町の旧・聖教新聞本社で）

Rui Kiyoshi Hara

1952年、ブラジル・クリチバ市生まれ。医師。同市の市議会議員、パラナ州議会議員などを歴任。クリチバ日伯文化援護協会の会長を経て現職。

ここにフォーカス

「利他《りた》」の一念

「虹《にじ》の舞《まい》」の章で、山本伸一《やまもとしんいち》が「利他《りた》」の精神を語る場面が描かれています。

彼は、「創価学会の運動の根本をなすもの」は、どこまでも相手のことを思いやる「利他」の一念であり、「この利他の心を人びとの胸中《きょうちゅう》に打ち立てることこそ、平和建設のポイント」と訴えます。

そして、「自分の利益ばかり考える生き方」は、「世の中をかき乱《みだ》してしまうことになる」と指摘《してき》します。

近年、さまざまな分野で、「レジリエンス」という概念《がいねん》が用いられています。「回復力」「抵抗力《ていこうりょく》」のことで、「困難《こんなん》を乗《の》り越《こ》える力《ちから》」を意味します。

心理学でも研究が進んでおり、「レジリエンス」を発揮《はっき》する要素の一つとして、「信仰《しんこう》に基《もと》づく利他の行為《こうい》」が挙げられています。「利他」の実践は、人生の苦境を勝ち越える要諦《ようてい》でもあるのです。

コロナ禍《か》によって今、人間観や人生観が見つめ直されています。

仏法の哲理《てつり》は、他者の生きる力を引き出すことによって、自身の小さな殻《から》が破られ、生きる力が増していくことを教えています。〝自分さえよければ〟という「利己《りこ》主義」から、自他共の幸福をめざす生き方への転換《てんかん》を促《うなが》しているのです。

第16巻
第17巻
第18巻
第19巻
第20巻

第19巻

解説編

紙上講座

池田博正 主任副会長

ポイント

①心に〝虹《にじ》〟をいだく
②「戸田大学」の誇《ほこ》り
③人間主義の思想の確立

「虹《にじ》の舞《まい》」の章の舞台は、本土復帰後の沖縄です。沖縄の友は根深い偏見《へんけん》や無理解を乗り越え、地域広布を大きく進めてきました。山本伸一《やまもとしんいち》は**「メンバー一人ひとりの胸中《きょうちゅう》に、大飛躍《だいひやく》を期《き》す発心《ほっしん》の火をともそう」**（8ページ）と離島にも足を運びます。

伸一と沖縄の同志の強い絆《きずな》を彩《いろど》ったのは「虹」でした。石垣《いしがき》で、宮古《みやこ》で、そして名護《なご》で、虹がかかる「一幅《いっぷく》の名画」のような場面が描《えが》かれます。そして、伸一は「虹」を通し、沖縄の同志に、こう励《はげ》ましを送ります。

「どんなに闇《やみ》が深かろうが、嵐《あらし》が吹《ふ》き荒《あ》れようが、心に虹をいだいて、晴れやかに、威風堂々《いふうどうどう》と前進していっていただきたい。虹とは、『希望』であり、『理想《りそう》』であり、『大志《たいし》』です。その源泉《げんせん》が『信心』なんです」（103ページ）

大変な時こそ、自身の心に虹をいだき、〝希望の虹〟を友の心にかけていく——それこそが沖縄の心であり、創価の魂《たましい》です。

2020年5月、暗い社会を照らす創価の〝励ましの虹〟が、いよいよ鮮《あざ》やかに光彩《こうさい》を放《はな》ち始めま

動画で見る
セイキョウオンラインのトップページからも視聴できます

した。

5月3日を目指して進められてきた青年部の参加型プロジェクト「うたつく」（歌をつくろう）。コロナ禍《か》で〝自分たちにできることを〟と考え、国境や世代を超え、オンラインを通じて新しい歌が誕生しました。

完成した「未来の地図～Step Forward～」の歌詞に、「雨が降ろうと／あしたは咲く／心の虹《にじ》をかけよう」とあります。青年部発の歌は、人々の心に虹をかける思いも込められているのです。

5月5日からは「2030年へ希望の虹をかけよう！未来部レインボーチャレンジ」がスタートしました。自宅で過ごす時間が増えた未来部員が〝七つの項目〟に挑戦し、成長のチャンスとしていくものです。その一つに、「わが家《や》の信心の歴史を聞いてみよう」という項目があります。親にとっては、師弟の原点や一家の広布史を語り継ぐ貴重《きちょう》な機会となります。

「虹の舞」の章で、**「子どもと真正面から向き合い、手塩《てしお》にかけて、教えるべきことを教え、心血《しんけつ》を注《そそ》いでいってこそ人間は育つ」**（46ページ）と強調されています。わが家に〝創価後継の虹〟をかけていくことから、広布の未来は築かれていくのです。

21世紀は「生命《せいめい》の世紀」

第19巻では、パナマ大学、ペルー・サンマルコス大学、米UCLA（カリフォルニア大学ロサンゼルス校）など、伸一《しんいち》が各地の大学を訪問し、教育交流を結ぶ様子が記《しる》されています。交流を率先《そっせん》して進めたのは、大学は国の基盤《きばん》であり、**「大学との交流こそが、平和・文化の悠久《ゆうきゅう》の大河《たいが》になる」**（122ページ）との信念からでした。

1974年（昭和49年）4月1日、伸一は初めて、世界の大学での講演をUCLAで行います。歴史的な「21世紀への提言」です。そこで伸一は、21世紀を**「人間が生命《せいめい》に眼《まなこ》を向ける『生命の世紀』としなければなりません」**（220ページ）と強く訴えます。

仏法という生命の視座《しざ》から、欲望や煩悩《ぼんのう》に支配された現代文明の本質を浮《う》き彫《ぼ》りにした同講演は、21世紀の今、多くの課題に直面する人類に対し、大きな指針を与えるものです。

池田門下として深く心に刻《きざ》みたいのは、伸一《しんいち》の教育交流の原動力に、戸田先生が万般《ばんぱん》の学問を授《さず》けた「戸田大学」の卒業生としての誇《ほこ》りがあったということです。

「陽光《ようこう》」の章で、伸一は**「戸田大学は世界一の、最高の大学であると確信しています。私は、その戸田大学の優等生として、それを世界に証明する義務がある」**（276ページ）と、アメリカの青年たちに言います。

ＵＣＬＡでの講演に際しては、心の中で戸田先生に、**「これから先生に代《か》わって、（中略）世界に向かって、創価思想の叫《さけ》びを放《はな》ちます。弟子の戦いをご覧《らん》ください」**（214ページ）と語り掛けました。

伸一は、校舎《こうしゃ》さえなかった「戸田大学」を〝世界一〟たらしめようと走り抜きました。32回に及ぶ世界の大学・学術機関等での講演や、授与された３９６の名誉《めいよ》学術称号は、〝師を宣揚《せんよう》せん〟との真心の結実《けつじつ》ともいえます。

本年（＝２０２０年５月）は「戸田大学」の講義の開始から70周年。今月は、初の名誉学術称号であるモスクワ大学の「名誉博士号」が池田先生に贈《おく》られてから45周年を刻みます。

池田先生は、**「弟子として師を語る時、最も誇りに燃《も》え、歓喜があふれた」**（126ページ）とつづっています。〝師匠の偉業を伝え抜こう〟との行動に、最高の勇気と喜びが備わっていくのです。

「反戦出版」の意義《いぎ》

１９７２年（昭和47年）11月の本部総会で、伸一は、すべての国の民衆は「生きる権利」をもっており、**「その生存《せいぞん》の権利《けんり》に目覚《めざ》めた民衆《みんしゅう》の運動が、今ほど必要な時はない」「私は、その運動を青年部に期待したい」**（305ページ）と呼び掛けます。このスピーチが、青年部が「反戦出版」に取り組む起点となりました。

沖縄青年部はいち早く、1973年（昭和48年）5月の県青年部総会で「沖縄決議」を採択《さいたく》し、〝戦争体験記〟の発刊を盛《も》り込《こ》みます。

伸一は、翌年2月、沖縄を訪問した際、沖縄の反戦出版委員長にアドバイスを送りました。仏法の思想が**「世界の指導者に、全人類の胸中に打ち立てられるならば、戦争など起こるはずがない。また、貧《ひん》困《こん》や飢餓《きが》、疾病《しっぺい》、人権の抑圧《よくあつ》などが、放置されるわけがない」**（336ページ）。「生存の権利」といっても、それを裏付《うらづ》ける哲学《てつがく》が不可欠であり、仏法こそが生命尊《そん》厳《げん》の大原理である、と。

そして同年6月、沖縄青年部の手によって、青年部反戦出版第1弾となる『打《う》ち砕《くだ》かれしうるま島』が発刊されます。その後、広島、長崎をはじめとして、反戦出版は全国に広がっていきました。

「原水爆禁止宣言」以来、人間主義の思想を根幹《こんかん》に、師匠の構想を実現する〝新しい運動の潮流《ちょうりゅう》〟を広げてきたのが青年部です。米ペンシルベニア州の郡議会はかつて、青年部の社会貢献《しゃかいこうけん》に共感し、SGIの青年が「池田SGI会長とともに、社会全体に人間主義の思想を確立する、その使命と責任を担《にな》う」と期待を寄せました。

深き使命を担う青年部を大切にし、青年を旗頭《はたがしら》に励ましの輪を広げていく——そこに師が示された**「若い世代が立ち上がってこそ、平和という偉業《いぎょう》はなる。崩《くず》れざる平和を築くために、青年を、若い力《ちから》を育《はぐ》むのだ」**（339ページ）との実践があるのです。

名言集

「民《たみ》の声」

政治も経済も、その実像《じつぞう》は民衆の暮《く》らしに端的《たんてき》に現れる。真実は評論家《ひょうろんか》の言葉にではなく、生活者の声にある。「民《たみ》の声」こそが、「天の声」なのだ。

（「虹《にじ》の舞《まい》」の章、10ページ）

新しい挑戦

状況《じょうきょう》や事態《じたい》は、刻々《こっこく》と移り変わっているし、時代も人びとの感性《かんせい》も変化している。したがって、広宣流布を進めるうえでも、常に新しい挑戦を忘《わす》れてはならない。

（「虹の舞」の章、12ページ）

価値の創造《そうぞう》

時間の浪費《ろうひ》は、生命の浪費につながる。価値の創《そう》造《ぞう》は、有効な時間の活用から始まる。

（「凱歌《がいか》」の章、117ページ）

一人を大切に

一人を大切にし、一人の人に、勇気と使命の火をともす。胸中《きょうちゅう》に幸福の花を咲《さ》かせる——そこにしか、広宣流布の大道《だいどう》はない。

（「凱歌」の章、163ページ）

恒久平和《こうきゅうへいわ》の異名《いみょう》

広宣流布とは恒久平和《こうきゅうへいわ》の異名《いみょう》でもある。断じて戦争をなくそうという戸田城聖《じょうせい》の誓《ちか》いから、戦後の創価学会は始まった。ゆえに、平和を祈り、平和のために戦うことが、学会の精神なのだ。

（「陽光《ようこう》」の章、288ページ）

想像力《そうぞうりょく》の結晶《けっしょう》

一つの事柄《ことがら》から、何を感じ取るか。人の苦悩《くのう》に対して想像力《そうぞうりょく》を広げることから、「同苦《どうく》」は始まるのである。配慮《はいりょ》とは、人を思いやる想像力《そうぞうりょく》の結晶《けっしょう》といえよう。

（「宝塔《ほうとう》」の章、376ページ）

この美しい沖縄を、真の理想郷に――「八重山祭」の踊りの輪の中に飛び込み、同志を激励する池田先生（1974年2月、石垣島で）

アメリカ・サンフランシスコの街並み（1993年3月、池田先生撮影）。第19巻では同地とともに、ロサンゼルス、ハワイなど、アメリカ訪問の模様が描かれる

『新・人間革命』

第20巻

「聖教新聞」連載

（2007年5月1日付～12月29日付）

第20巻

基礎資料編

各章のあらすじ

物語の時期

1974年（昭和49年）5月30日～75年（同50年）1月23日

「友誼《ゆうぎ》の道」の章

1974年（昭和49年）5月30日、山本伸一《やまもとしんいち》は、中日友好協会の招請《しょうせい》で初訪中《はつほうちゅう》する。彼は、68年（同43年）9月に「日中国交正常化提言《にっちゅうこっこうせいじょうかていげん》」を発表するなど、両国の関係改善《かいぜん》に奮闘《ふんとう》。72年（同47年）9月には日中国交正常化が実現する。

英国領・香港《ホンコン》の羅湖駅《らこえき》から徒歩で、中国の深圳駅《しんせんえき》へ。そして、広州《こうしゅう》、北京《ペキン》へと向かう。北京滞在中《たいざいちゅう》、故宮《こきゅう》博物院等の視察《しさつ》や、中日友好協会の廖承志《りょうしょうし》会長らとの懇談《こんだん》、児童節《じどうせつ》（こどもの日）の催《もよお》しなどに参加。市内の中学校を視察《しさつ》した折、生徒たちがソ連（当時）の攻撃《こうげき》に備《そな》え、校庭に避難壕《ひなんごう》を建設している姿《すがた》に胸《むね》を痛《いた》める。また、北京大学を訪《おとず》れ、図書贈呈《ぞうてい》の目録《もくろく》を手渡《てわた》し、創価大学との交流の原点を築く。

6月6日には、李先念《りせんねん》副総理との会見に臨《のぞ》み、中国は強く平和を求めていることを確信する。

7日、訪中団《ほうちゅうだん》は、北京を発《た》ち、西安《せいあん》、鄭州《ていしゅう》と回り、10日、上海《シャンハイ》に到着《とうちゃく》。翌《よく》11日夜には、上海から杭州《こうしゅう》へ。伸一《しんいち》は行く先々で民衆《みんしゅう》の中へ飛《と》び込《こ》むようにして対話し、「友誼《ゆうぎ》の道」を開いていく。

上海に戻《もど》った一行は13日夜、答礼宴《とうれいえん》を行う。学生部長の田原薫《たはらかおる》と、日本を訪《おとず》れた中国の青年が再会を喜び合う姿に、伸一は〝日中提言〟の時に思《おも》い描《えが》いた夢が実現しつつあることを感じる。

14日、上海を発って広州へと向かい、翌15日、深圳から再び徒歩で香港へ。〝中ソの戦争は絶対に回避《かいひ》しなければならない。さあ、次はソ連だ！〟――伸一は、平和への闘魂《とうこん》を燃やす。

9月8日、山本伸一の一行は、モスクワ大学の招待《しょうたい》でソ連を初訪問《はつほうもん》。同大学のホフロフ総長らと歓談《かんだん》する。翌日《よくじつ》、モスクワ大学を訪《おとず》れ、総長と大学教育の在《あ》り方《かた》を巡《めぐ》り、意見を交換《こうかん》。午後には、民間外交機構《きこう》である対文連の本部でポポワ議長と交流する。

10日、高等中等専門《せんもん》教育省のエリューチン大臣、ソ連最高会議のベン民族会議議長と語り合う。さらに、11日には、小・中学校の授業を参観したあと、ソ連科学アカデミーで副総裁《ふくそうさい》と会談し、東洋哲学《てつがく》研究所との学術交流の道を開く。

伸一は13日、レニングラードのピスカリョフ墓地などを訪問。第2次世界大戦の犠牲者《ぎせいしゃ》を弔《とむら》うとともに、〝この悲惨《ひさん》な事実を世界に発信せねば〟と、不戦への決意を燃《も》やす。

「懸《か》け橋《はし》」の章

モスクワに戻《もど》った伸一は16日、創価大学とモスクワ大学の学術交流の議定書《ぎていしょ》の調印式《ちょういんしき》に臨《のぞ》む。その後、ノーベル賞作家ショーロホフのアパートを訪問し、人間の運命などについて語らいが弾《はず》む。

訪ソ最後の日、クレムリンでコスイギン首相と会見。伸一は、中国の首脳《しゅのう》が、他国侵攻《しんこう》の考えはないと語っていたことを伝え、「ソ連は中国を攻《せ》めますか」と率直に尋《たず》ねる。首相は「ソ連は中国を攻めないと、伝えてくださって結構です」と言明《げんめい》する。伸一の手で、中ソ対立の溝《みぞ》に一つの橋が架《か》けられようとしていた。

会見に続いて、日ソ交流促進《そくしん》への意思《いし》を明らかにするため、対文連と共同コミュニケ（声明書）を発表し、一行は、帰国《きこく》の途《と》に就《つ》いた。

山本伸一《やまもとしんいち》は、12月2日、北京《ペキン》大学の招待《しょうたい》で再び中国を訪問《ほうもん》する。北京に到着《とうちゃく》した伸一は、中日友好協会の廖承志《りょうしょうし》会長に、コスイギン首相との会見内容を伝える。その夜、北京大学主催《しゅさい》の歓迎宴《かんげいえん》に出席。翌《よく》日《じつ》は、同大学への図書贈呈式《ぞうていしき》に臨《のぞ》む。

4日、伸一は、中日友好協会を訪問。5日、人民大会堂で鄧小平《とうしょうへい》副総理と会談し、中国の婦人や青年リーダーの訪日《ほうにち》、シルクロードの共同学術研究等を提案《ていあん》する。この夜、帰国を前にしての答礼宴《とうれいえん》の折、伸一に周恩来《しゅうおんらい》総理からの会見の意向が伝えられる。療養中《りょうようちゅう》だった総理の病状を案《あん》じる伸一は丁重《ていちょう》に辞退するが、会見は総理の強い意志であることを知り、会見会場へと向かう。

総理は、伸一の中日友好への取り組みを高く評価し、中日平和友好条約の早期締結《ていけつ》を切望《せつぼう》。未来を託《たく》すかのような総理の言葉を、伸一は、遺言《ゆいごん》を聞く思いで心に刻《きざ》む。語らいは平和への永遠の契《ちぎ》りとなり、「信義の絆《きずな》」となる。

「信義の絆《きずな》」の章

1975年（昭和50年）1月、訪《ほう》米《べい》した伸一は、10日、国連事務総長と会談。その際、青年部が集めた戦争の絶滅《ぜつめつ》と核廃絶《かくはいぜつ》の署名簿《しょめいぼ》を手渡《てわた》す。13日には、キッシンジャー国務長官と会談する。中東和平への提言を記した書簡《しょかん》を手渡し、長官は提言を大統領に伝えることを約束する。その後、渡米《とべい》していた大平正芳蔵相《おおひらまさよしぞうしょう》に日中平和友好条約の早期締結《ていけつ》を訴《うった》える。

伸一は、第1回「世界平和会議」が開催《かいさい》されるグアムへ。平和の新章節の幕《まく》が開かれようとしていた。

李先念副総理（当時）と会見（1974年6月6日、北京・人民大会堂で＝新華社提供）

山本伸一の平和旅

1974年の中国、ソ連（当時）訪問

第一次訪中

1974年5月30日～6月15日

月	日	主なできごと
5月	30日	香港・羅湖駅から歩いて中国の深圳駅へ（初訪中）
	31日	故宮博物院、小学校、幼稚園を視察。 中日友好協会を表敬し、廖承志会長らと懇談。
6月	4日	中国仏教協会の趙樸初副会長との懇談。北京大学を訪問
	6日	人民大会堂で李先念副総理と会談。
	10日	上海でメッキ工場を視察し、魯迅の故居や墓を見学
	11日	上海展覧館を見学。少年宮で子どもたちと交流

北京市内の学校を視察し、生徒たちと交流（1974年6月3日）

中日友好協会の廖承志会長と歩く池田先生（1974年6月7日、北京で）

第一次訪ソ

1974年9月8日～17日

月	日	主なできごと
9月	8日	ソ連を初訪問
	9日	モスクワ大学を訪問し、ホフロフ総長らと懇談。ソ連対外友好文化交流団体連合会の本部でポポワ議長と懇談。 モスクワ市庁舎で第一副市長らと会談。
	10日	高等中等専門教育省で、大臣と会談。クレムリンのソ連最高会議を表敬訪問し、ルベン民族会議議長と会見。 ソ連共産党中央委員会国際部のコワレンコ氏と懇談
	11日	モスクワの小・中学校を視察。ソ連科学アカデミーを訪問
	12日	文化省で副文化相と会談。
	13日	レニングラードのピスカリョフ墓地、市庁舎を訪問
	14日	レニングラード大学などを訪問
	16日	モスクワ大学で、創価大学との交流に関する議定書の調印式。ノーベル賞作家M・A・ショーロホフ氏との会見
	17日	コスイギン首相と会談

コスイギン首相と会見
(1974年9月17日、モスクワのクレムリンで)

初訪ソの池田先生を歓迎するモスクワ大学のホフロフ総長（1974年9月8日、空港で）

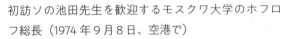

第二次訪中

1974 年 12 月 2 日～ 6 日

月	日	主なできごと
12 月	2 日	北京大学の招へいで 2 度目の訪中
	3 日	北京大学で図書贈呈式。学生らと交流
	4 日	中日友好協会を訪問
	5 日	鄧小平副総理と会談。周恩来総理と会見

周恩来総理と一期一会の会見（1974年12月5日、北京で）

鄧小平副総理（当時）と会談
（1974 年 12 月 5 日、北京の人民大会堂で）

キッシンジャー米国務長官と会見

アメリカのキッシンジャー国務長官と会見。中東問題解決のための具体的な提案を伝える（1975 年 1 月 13 日、ワシントンで）

第20巻

名場面編

「友誼《ゆうぎ》の道」の章　人間の心に境界《きょうかい》はない！

〈1974年（昭和49年）5月、山本伸一《やまもとしんいち》の初《はつ》訪中《ほうちゅう》が実現。一行《いっこう》は、英国領・香港《ホンコン》の羅湖駅《らこえき》から徒歩で中国の深圳駅《しんせんえき》へ向かう〉

伸一と峯子《みねこ》は、笑顔で言葉を交《か》わしていたが、あとのメンバーの表情は暗く、皆《みな》、押《お》し黙《だま》っていた。共産主義の国・中国を初訪問《はつほうもん》するとあって、緊張《きんちょう》しているのである。（中略）

伸一は、笑いながら皆に言った。

「もっと嬉《うれ》しそうな顔をしようよ。私たちは、これから新しい友人に会いに行くんじゃないか。どこの国の人も、みんな同じ人間だ。誠《せい》実《じつ》に、ありのままに接していけばいいんだ。話し合えば必ず心は通じ合えるし、わかり合えるものだよ」（中略）

飛行機の格納庫《かくのうこ》のような鉄橋を渡《わた》ると、カーキ色の軍服《ぐんぷく》を着た、人民解放軍の兵士がいた。

兵士にパスポートを見せる――。

いよいよ山本伸一は、中国・深圳への第一歩を踏《ふ》みしめたのだ。時計の針《はり》は、午前十一時五十分を指《さ》していた。

「こんにちは！」

日本語が響《ひび》き、一人の男性と、二人の女性が、小走《こばし》りで近寄ってきた。男性と女性の一人は中日友好協会のメンバーで、もう一人の女性は広州市《こうしゅうし》の関係者であった。

皆《みな》、さわやかな青年《せいねん》たちである。

三人は笑顔で伸一をはじめ、訪中団全員《ほうちゅうだんぜんいん》と握《あく》手《しゅ》を交《か》わした。

中日友好協会の男性は葉啓滽《ようけいよう》、女性は殷蓮玉《いんれんぎょく》であった。

葉《よう》は、流暢《りゅうちょう》な日本語で語った。

「ようこそ中国においでくださいました。私たちは皆さんのご案内をさせていただくために、北京《ペキン》からまいりました」

深圳駅《しんせんえき》の控室《ひかえしつ》で和《なご》やかな懇談《こんだん》が始まった。
葉啓滽《ようけいよう》は、訪日《ほうにち》七回の経験《けいけん》をもつ、笑顔《えがお》を絶《た》やさない温厚《おんこう》な人柄《ひとがら》であった。また、殷蓮玉《いんれんぎょく》は、北京外国語学院《がいこくごがくいん》で日本語を学《まな》んだ、澄《す》んだ目が印象的《いんしょうてき》な女性《じょせい》であった。

葉は、伸一《しんいち》の著書《ちょしょ》である小説『人間革命』を熟読《じゅくどく》していた。（中略）

また殷《いん》は「小説『人間革命』のテーマを知っています」と言って、「一人の人間における偉《い》大《だい》な人間革命は……」と、すらすら暗唱《あんしょう》してみせた。

「すごい！　作者の私でも覚えていないんですよ」

伸一のユーモアに、笑いが広がった。

伸一と青年たちとの触《ふ》れ合《あ》いを目《ま》の当《あ》たりにして、同行のメンバーがいだいていた中国への〝怖《こわ》い〟というような印象は、一瞬《いっしゅん》にして吹《ふ》き飛《と》んでしまったようだ。

（「友誼《ゆうぎ》の道」の章、23～26㌻）

「懸け橋」の章　中ソの平和の懸《か》け橋《はし》に

〈山本伸一《やまもとしんいち》は、9月にはソ連を初訪問《はつほうもん》。コスイギン首相との会見では、第2次世界大戦での、ソ連の人々の過酷《かこく》な体験に言及《げんきゅう》したあと、中国への対応について尋《たず》ねる〉

伸一は尋ねた。

「閣下《かっか》は、あの第二次大戦の時は、どちらにいらしたのでしょうか」

首相は静かに答えた。

「レニングラードがナチス・ドイツに包囲《ほうい》されていた、あの時、私もレニングラードにいました……」

そう言ったきり、しばらく沈黙《ちんもく》が続いた。当時のことを思い返しているようでもあった。

戦争の悲惨《ひさん》さを知るならば、断じて、その歴史を繰《く》り返《かえ》してはならぬ。（中略）

コスイギン首相の目には、平和建設の決意が燃《も》えていた。伸一は、首相を凝視《ぎょうし》しながら、強い語調《ごちょう》で訴《うった》えた。

「ソ連の人びとと同様に、中国の人びとも、平和を熱願《ねつがん》しております」（中略）

語らいは、まさに佳境《かきょう》に入ろうとしていた。

（中略）

ソ連は、米中《べいちゅう》関係が正常化《せいじょうか》に向かい、さらに、日本と中国が国交《こっこう》を正常化したことで、強《つよ》い危機感《ききかん》を募《つの》らせていた。

中ソは、関係改善《かいぜん》に向けて、代表《だいひょう》による話《はな》し合いをもつなどしてはきたが、大きな進展《しんてん》はみられなかった。そして、互《たが》いに疑心暗鬼《ぎしんあんき》になっていたのだ。伸一は、三カ月前に中国を訪問した実感を、コスイギン首相に伝えた。

「中国の首脳《しゅのう》は、自分たちから他国を攻《せ》めることは絶対にないと言明《げんめい》しておりました。

しかし、ソ連が攻めてくるのではないかと、防空壕《ぼうくうごう》まで掘《ほ》って攻撃《こうげき》に備《そな》えています。中国はソ連の出方《でかた》を見ています。率直《そっちょく》にお伺《うかが》いします

が、ソ連は中国を攻めますか」
首相は鋭《するど》い眼光《がんこう》で伸一《しんいち》を見すえた。その額《ひたい》には汗《あせ》が浮《う》かんでいた。

そして、意を決したように言った。

「いいえ、ソ連は中国を攻撃するつもりはありません。アジアの集団安全保障《あんぜんほしょう》のうえでも、中国を孤立化《こりつか》させようとは考えていません」

「そうですか。それをそのまま、中国の首脳《しゅのう》部《ぶ》に伝えてもいいですか」

コスイギン首相は、一瞬《いっしゅん》、沈黙《ちんもく》した。それから、きっぱりとした口調《くちょう》で、伸一に言った。

「どうぞ、ソ連は中国を攻めないと、伝えてくださって結構です」

伸一は、笑《え》みを浮《う》かべて首相を見た。

「それでしたら、ソ連は中国と、仲良くすればいいではないですか」

首相は、一瞬、答えに窮《きゅう》した顔をしたが、すぐに微笑《びしょう》を浮かべた。

心と心の共鳴《きょうめい》が笑顔の花を咲《さ》かせた。


（**「懸《か》け橋《はし》」**の章、276～278ページ）

「信義の絆」の章　永遠なる「信義《しんぎ》の絆《きずな》」結ぶ

〈12月、第2次中国訪問の帰国前夜《ぜんや》、山本伸《やまもとしん》一《いち》は、入院中の周恩来《しゅうおんらい》総理から会見の要望を受ける。病状は重く、医師団は会見に反対したが、総理の強い希望で実現に至《いた》った〉

周総理は、中国と日本の友好交流に対する、伸一のこれまでの取り組みを、高く評価していた。

「山本先生は、中日両国人民の友好関係は、どんなことがあっても発展《はってん》させなければならないと、訴《うった》えてこられた。私としても、非常に嬉《うれ》しいことです。

中日友好は私たちの共通の願望《がんぼう》です。共に努力していきましょう」

静《しず》かな話《はな》し方《かた》ではあったが、総理の声《こえ》には力《ちから》がこもっていた。

伸一は、その言葉《ことば》に、中日友好の永遠《えいえん》の道《みち》を開こうとする、総理の魂《たましい》の叫《さけ》びを聞いた。また、平和《へいわ》のバトンを託《たく》された思《おも》いがした。（中略）

総理は、彼方《かなた》を見るように目を細《ほそ》め、懐《なつ》かしそうに語った。

「五十数年前、私は、桜の咲《さ》くころに日本を発《た》ちました」

伸一は、頷《うなず》きながら言った。

「そうですか。ぜひ、また、桜の咲くころに日本へ来てください」

しかし、総理は寂《さび》しそうに微笑《ほほえ》んだ。

「願望はありますが、実現は無理でしょう」

伸一は胸《むね》が痛《いた》んだ。（中略）

「周総理には、いつまでもお元気でいていただかなくてはなりません。中国は、世界平和の中軸《ちゅうじく》となる国です。そのお国のためにも、八億の人民のためにも……」

すると総理は、力《ちから》を振《ふ》り絞《しぼ》るようにして語り始めた。（中略）

「二十世紀の最後の二十五年間は、世界にとって最も大事な時期です。全世界の人びとが、お互《たが》いに平等な立場で助け合い、努力することが必要です」

「まさに、その通りだと思います」

伸一《しんいち》は、遺言《ゆいごん》を聞く思いであった。

会見は、三十分に及《およ》ぼうとしていた。伸一は、周総理といつまでも話し合っていたかった。しかし、もうこれ以上、時間を延《の》ばしてはならないと思った。

彼は、「総理のご意思は、必ず、しかるべきところにお伝えします。お会いくださったことに、心より御礼《おんれい》、感謝申し上げます」と言って、会見を切り上げた。（中略）

周総理と伸一は、これが最初で最後の、生涯《しょうがい》でただ一度だけの語らいとなった。

しかし、その友情は永遠の契《ちぎ》りとなり、信義《しんぎ》の絆《きずな》となった。総理の心は伸一の胸に、注《そそ》ぎ込《こ》まれたのである。

（「信義《しんぎ》の絆《きずな》」の章、341〜345㌻）

「信義《しんぎ》の絆《きずな》」の章　私は「人類に味方します」

〈1975年（昭和50年）1月、アメリカを訪《ほう》問《もん》した山本伸一《やまもとしんいち》は、キッシンジャー国務長官《こくむちょうかん》と会談した〉

伸一が現下《げんか》の国際情勢について話を切り出すと、長官の目が光った。

伸一は、キッシンジャーが一九六九年（昭和四十四年）の一月にニクソン大統領の補佐官《ほさかん》となって以来、その奮闘《ふんとう》に目を見張《みは》ってきた。

（中略）キッシンジャーは、冷徹《れいてつ》な現実主義者《げんじつしゅぎしゃ》であり、理想《りそう》主義の対極《たいきょく》にあるかのように評《ひょう》されてきた。しかし、理想を実現《じつげん》しようと思《おも》うならば、現実を凝視《ぎょうし》せねばならない。（中略）キッシンジャーは、現実の大地《だいち》にしっかと立って、理想の松明《たいまつ》を掲《かか》げ持《も》ってきた。だからこそ、不《ふ》可能《かのう》だと思われてきた現実を、次々《つぎつぎ》と変えることができたといえよう。（中略）

一九七三年（昭和四十八年）には、ベトナム和平協定を推進《すいしん》したことが高く評価され、ノーベル平和賞を受賞している。（中略）山本伸一は、そのキッシンジャー国務長官と、世界の平和のために、存分《ぞんぶん》に語り合い、人類の進むべき新たな道を探《さぐ》り出したかったのである。

長官は、形式的な礼儀作法《れいぎさほう》などにはこだわらない、合理的で、飾《かざ》らない人柄《ひとがら》であった。そして、決して急所《きゅうしょ》を外《はず》さず、鋭《するど》い分析力《ぶんせきりょく》をもっていた。いたって話は早かった。

伸一が、日中平和友好条約についての見解を尋《たず》ねると、即座《そくざ》に「賛成です。結ぶべきです」との答えが返ってきた。

語らいのなかで長官は、伸一に尋ねた。

「率直《そっちょく》にお伺《うかが》いしますが、あなたたちは、世界のどこの勢力《せいりょく》を支持しようとお考えですか」

伸一が、中国、ソ連と回り、首脳《しゅのう》と会談し、さらに、アメリカの国務長官である自分と会談していることから出た質問であったにちがいない。

伸一《しんいち》は、言下《げんか》に答えた。

「私たちは、東西両陣営《じんえい》のいずれかにくみするものではありません。中国に味方するわけでも、ソ連に味方するわけでも、アメリカに味方するわけでもありません。私たちは、平和勢力です。人類に味方します」

それが、人間主義ということであり、伸一の立場であった。また、創価学会の根本的な在《あ》り方《かた》であった。

キッシンジャーの顔に微笑《びしょう》が浮《う》かんだ。伸一のこの信念を、理解してくれたようだ。

会談では、中東問題、米ソ・米中関係、SALT（戦略兵器制限交渉《こうしょう》）などがテーマになっていった。

平和の道をいかに開くか——二人の心と心は共鳴音《きょうめいおん》を響《ひび》かせながら、対話は進んだ。


（「**信義《しんぎ》の絆《きずな》**」の章、377～381ページ）

第20巻
御書編

人間は皆《みな》、〝幸福の鍛治屋《かじや》〟

御文

減劫《げんこう》御書　御書1466ページ

彼等《かれら》の人人《ひとびと》の智慧《ちえ》は内心《ないしん》には仏法の智慧をさしはさみたりしなり

通解

民衆《みんしゅう》を救《すく》った彼ら（仏教以外の教えを実践する人々）の智慧《ちえ》は、その内心においては、仏法の智慧を含《ふく》み持っていたのです。

小説の場面から

〈1974年（昭和49年）9月16日、山本伸一《やまもとしんいち》は、ノーベル賞作家のショーロホフ氏と会見。「人間の運命」について語らいを交《か》わす〉

伸一は、『人間の運命』の内容《ないよう》を踏《ふ》まえて、ショーロホフに質問した。

「人間の運命を変えることは、一面《いちめん》、環境等《かんきょうとう》によっても可能であるかもしれません。しかし、運命の変《へん》革《かく》を突《つ》き詰《つ》めて考えていくならば、どうしても自己《じこ》自身《じしん》の変革の問題と関連してくると思います。この点はどのようにお考えでしょうか」

ショーロホフは、大きく頷《うなず》いた。（中略）

「われわれは、皆が〝幸福の鍛冶屋《かじや》〟です。幸福になるために、精神をどれだけ鍛《きた》え抜《ぬ》いていくかです（中略）」

伸一は、身を乗り出して言った。

「まったく同感です。たとえ、どんなに過酷《かこく》な運命であっても、それに負けない最高の自己をつくる道を教えているのが仏法なんです（中略）」

ショーロホフは、目をしばたたき、盛《さか》んに頷《うなず》きながら、伸一の話に耳を傾《かたむ》けていた。

彼は、社会主義国ソ連を代表する文豪《ぶんごう》である。しかし、人間が根本《こんぽん》であり、精神革命《せいしんかくめい》こそが一切の最《さい》重要事《じゅうようじ》であるという点では、意見は完全に一致《いっち》し、強く共鳴《きょうめい》し合《あ》ったのである。

人生の達人の哲学《てつがく》、生き方は、根本において必ず仏法に合致《がっち》している。いな、彼らは、その底流《ていりゅう》において、仏法を渇仰《かつごう》しているのだ。

（「懸《か》け橋《はし》」の章、259〜261ジペー）

陰《かげ》の善行《ぜんこう》は明確な善の報《むく》いに

御文

陰徳陽報御書《いんとくようほうごしょ》　御書1178ジペー

陰徳《いんとく》あれば陽報《ようほう》あり

通解

陰徳《いんとく》があるならば、陽報《ようほう》がある。

小説の場面から

〈山本伸一《やまもとしんいち》の第1次訪ソの最終日、モスクワ大学の主催《しゅさい》で、歓送《かんそう》のパーティーが開かれた。伸一は、同大学の学生たちに感謝《かんしゃ》の意《い》を伝える〉

学生たちは、滞在中《たいざいちゅう》、ホテルで一行《いっこう》と寝食《しんしょく》を共にし、荷物の運搬《うんぱん》や道案内、車や食事の手配《てはい》を行うなど、さまざまな面で支《ささ》えてくれたのである。

伸一は、彼らを心からねぎらい、御礼《おんれい》を言いたかった。（中略）

学生たちは、将来は日ソの友好を担《にな》って立つ俊英《しゅんえい》である。伸一は彼らを、「若き友人」と思っていた。

（中略）

彼らは、伸一の訪ソの成功を、わが事のように喜び、コスイギン首相との会談のあとも、こう語っていた。

「山本先生は、ソ日友好の歴史に残る偉大《いだい》な仕事をされたと思います。そのお手伝いができたことは、私たちの誇《ほこ》りです」

会食のはじめに、伸一は立ち上がると、丁重《ていちょう》に御礼を述《の》べた。

「この訪問《ほうもん》で、日ソ友好の新しい橋を架《か》けることができました。それを陰《かげ》で支えてくださった、最大の功労者《こうろうしゃ》は皆《みな》さんです。私は、心から御礼、感謝申し上げます。ありがとうございました。

東洋の英知の言葉は、『陰徳《いんとく》あれば陽報《ようほう》あり』（御書一一七八ジペー）と教えています。人に知られない善行《ぜんこう》であっても、明らかな善き報《むく》いとなって自《みずか》らにかえってくるということです。これは人間が生きるうえでの大事な哲学《てつがく》です」

皆、笑顔で頷《うなず》いた。

（「**懸《か》け橋《はし》**」の章、290～291ジペー）

私の読後感
識者が語る

中国作家協会 会員
李《り》佩《はい》氏

中日友好史の貴重《きちょう》な文献《ぶんけん》

小説『新・人間革命』は、中日友好の「金《きん》の橋《はし》」を築く池田先生の史《し》実《じつ》を克明《こくめい》に記しています。

第20巻「友誼《ゆうぎ》の道」の章では、1974年（昭和49年）5月30日からの、先生の第1次中国訪問が描《えが》かれています。同章に、「訪中は、万《ばん》代《だい》にわたる『友誼の道』を開くためであり、平和建設の信念に基《もと》づく、人間主義者としての行動であった」とあります。まさに、中日両国の民衆、教育、青少年の交流を促進《そくしん》する出発の旅でした。

「信義《しんぎ》の絆《きずな》」の章では、同年12月2日からの第2次訪中が書かれています。この時、周恩来《しゅうおんらい》総理との「一《いち》期一会《ごいちえ》の会見」が行われました。総理は、中日平和友好条約の早期締結《ていけつ》の希望を、池田先生に語り、限りない期待を寄せました。第2次訪中は中日友好史上、大きな歴史的意義を持つ旅となったのです。

私は新中国の国費《こくひ》留学生の第1期として、創価大学で学びました。私たち6人の留学生の身元保証人《みもとほしょうにん》になってくださったのが、池田先生でした。

75年（同50年）4月、入寮式《にゅうりょうしき》に出席された先生は、「青年時代の一年一年は貴重《きちょう》です。黄金《おうごん》にも匹敵《ひってき》します。どうか、留学生の皆さんは、在学中に広く日本文化を学習するとともに、人格の完成をめざし、有意義な学生生活を送ってください」と語られました。

第21巻「人間外交」の章には、「私がつくった創価大学に、中国から留学生として来てくださった方々である。何があろうが、この青年たちを守り抜き、一段《いちだん》と成長した姿《すがた》で中国に帰っていただくのだ。そうしなければ、周《しゅう》総理に申《もう》し訳《わけ》ない」とあります。先生の深い真心に感謝しかありません。

入寮式を終えた後、先生は「周《しゅう》桜《ざくら》」の植樹《しょくじゅ》を提案《ていあん》されました。当初は、まだ細《ほそ》かった桜の木も、創大の発展《はってん》と卒業生の活躍《かつやく》に合わせるように年々、成長の年輪《ねんりん》を刻《きざ》み、天にそびえる大木となりました。「周桜」と「周夫婦桜《めおとざくら》」は、周総理と池田先生の友情と中日友好の原点として、

日中国交正常化後、初となる正式な国費留学生たちを創価大学に迎え、励ましを送る池田先生（1975年4月、創価大学で）

これからも美しい花を咲《さ》かせていくことでしょう。

『新・人間革命』は品格《ひんかく》の高い筆《ひっ》致《ち》で、先生の平和理念と人間主義の思想と実践《じっせん》、創価学会の壮大《そうだい》な歴史を立体的に描写《びょうしゃ》しており、社会文化史の観点においても重要な長編小説であると同時に、中日友好史の貴重な文献《ぶんけん》でもあるのです。

り・はい

中国外交部派遣の新中国第1期国費留学生として、創価大学別科日本語研修課程上級コース修了。駐日中国大使館員、中日友好協会理事等を歴任。2015年2月より20年3月まで、創価大学ワールドランゲージセンター講師として、教鞭を執る。中国作家協会会員。

ここにフォーカス

地球人類という普遍《ふへん》の連帯

１９７５年（昭和５０年）１月１０日、国連事務総長との会談を終えた山本伸一《やまもとしんいち》は、同日、日本協会の歓迎《かんげい》レセプションでスピーチ。新しき時代を開く哲学《てつがく》について語ります。

伸一は、核兵器《かくへいき》や公害など、現代社会が抱《かか》える問題の本質を、「欲望《よくぼう》とエゴに突《つ》き動かされ、自己《じこ》をコントロールしえない『人間』そのものの問題」と指摘《してき》します。

そして、人類が目指す新しい方向について、①人類がもたなければならない価値観とは、全地球的な視野に立ったもの②人間は生命的存在《せいめいてきそんざい》であるという認識《にんしき》に立つこと――と論《ろん》じます。この二つの視点に立脚《りっきゃく》して、「地球人類という普遍《ふへん》の連帯をもつ」ことを訴《うった》えます。

現実は国家のエゴが渦巻《うずま》き、人類の「普遍の連帯」を築くことは至難《しなん》です。しかし、伸一は「あえて、このインポッシブル・ドリーム（見果てぬ夢）を、私の生ある限り追い求めていきたい」と、参加者の前で宣言します。

池田先生は、日本と中国の間に友好の「金《きん》の橋《はし》」を架《か》け、ソ連とも文化・教育交流の大道を切り開いてきました。あらゆる差異《さい》を超《こ》え、不信と対立を、信頼と友情による連帯へと転換《てんかん》してきたのです。

人類が現在のコロナ禍《か》を乗り越えるには、国家や民族を超《こ》えた協力が不可欠です。「地球人類という普遍の連帯をもつ」という視座《しざ》は、さらに重要性を増しています。

第20巻

解説編

紙上講座

池田博正 主任副会長

動画で見る
セイキョウオンラインのトップページからも視聴できます

当時の世界情勢《じょうせい》は、複雑な様相《ようそう》を呈《てい》していました。第2次世界大戦後の米ソの冷戦構造が続く中で、社会主義国同士である中ソも、路線《ろせん》の違《ちが》いから対立していたのです。

その中で、68年（同43年）、山本伸一《やまもとしんいち》はいち早く、「日中国交正常化提言《ていげん》」を発表します。日中の友好が**「アジアのなかにある東西の対立を緩和《かんわ》することになる」**（11㌻）、**「それは、やがては東西対立そのものを解消《かいしょう》するにいたる」**（12㌻）との強い思いからでした。

彼は、提言を発表したことで非難《ひなん》を浴《あ》び、宗教者がなぜ〝赤いネクタイ〟をするのか、との批判《ひはん》もありました。

しかし、伸一は覚悟《かくご》していました。**「命を捨てる覚**

ポイント

①中ソ和平への覚悟《かくご》

②「懸《か》け橋《はし》」の対話

③信念が花を開かせる

池田先生の初の訪中・訪ソ、そして、第2次訪中は、1974年（昭和49年）のわずか半年の間に行われました。その激闘《げきとう》が第20巻で描《えが》かれます。

同巻のテーマの一つが、宗教否定のマルクス・レーニン主義を基調《きちょう》とする中国、ソ連と、日蓮仏法を基調とする創価学会の対話が、なぜ実現できたかということです。

第16巻
第17巻
第18巻
第19巻
第20巻

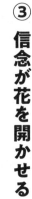

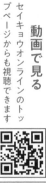

悟なくしては、平和のための、本当の戦いなど起こせない」（12ページ）——日中友好への行動は、まさに命《いのち》懸《が》けの〝戦い〟であったのです。

　中ソの指導者は、そうした伸一《しんいち》の〝本気〟の平和行動と、創価学会の存在に着目《ちゃくもく》していました。中ソへの訪問が具体化したのは、どちらも73年（昭和48年）12月です。そして、翌年、伸一の訪中・訪ソが実現します。

「分断され、敵対し合う世界を、融合《ゆうごう》へ、平和へと向かわせる、第一歩にしよう」（156ページ）——伸一の訪問の目的は、社会主義の国で布教《ふきょう》することでも、政治交渉《こうしょう》のためでもありません。仏法者として、国益《こくえき》やイデオロギーで分断する世界を、連帯へと導《みちび》くことが第一義でした。

「社会の制度やイデオロギーは異《こと》なっていようが、そこにいるのは同じ人間である」（64ページ）、**「人間に会いに私は行くのです」**（167ページ）、**「人間の心と心に橋を架《か》け、結ぶために行く」**（168ページ）との伸一の信念が、中ソ和平の対話へと突《つ》き動かしたのです。

壁《かべ》の向こう側《がわ》

　74年（同49年）5月、初訪中に出発する際、伸一は**「対立する中ソの懸《か》け橋《はし》となるのだ！」**（166ページ）と自身に言い聞かせました。その決意は、実際に中ソの人々と触《ふ》れ合う中で、強固なものになっていきます。

北京《ペキン》の中学校を訪れた折、彼は、ソ連からの攻撃《こうげき》に備《そな》え、生徒たちが地下教室を造《つく》る光景を目《ま》の当《あ》たりにします。第2次世界大戦下の日本で、あちこちで防空壕《ぼうくうごう》が掘《ほ》られたことと重ね合わせ、こうした現実を変えねばならないと深く心に誓《ちか》います。

　9月の初訪ソの時には、レニングラード（現・サンクトペテルブルク）の墓地を訪れ、戦争への怒りを強い口調《くちょう》で語ります。

　伸一が寄り添《そ》ったのは、民衆の苦しみでした。民衆と同苦しながら、周恩来《しゅうおんらい》総理をはじめとする中ソの指導者や、教育者、文化人、青少年など、あらゆる立場の人々と語り合いました。社会体制の壁《かべ》を超《こ》え、**「共鳴《きょうめい》の和音《わおん》」**（64ページ）が、中国・ソ連の大地に奏《かな》でられたのです。

第1次訪中の折、伸一《しんいち》は、**「中国が他国を侵略《しんりゃく》することは、絶対にありません」**（59ページ）との発言を聞きます。

ソ連のコスイギン首相との会見では、中国訪問の実感を率直《そっちょく》に伝え、首相から**「中国を攻撃するつもりはありません」「（中国の首脳に）伝えてくださって結構です」**（278ページ）との言葉を引き出しました。

12月の第2次訪中では、鄧小平《とうしょうへい》副総理など中国の首脳に直接、ソ連の意向を伝えます。伸一は、まさに中ソの〝懸《か》け橋《はし》〟となりました。

「懸け橋」の章には、**「勇気をもって真実を語ってこそ、心の扉《とびら》は開かれ、魂《たましい》の光が差し込《こ》む。それが、信頼の苗《なえ》を育《はぐく》んでいくのだ」**（211ページ）と記されています。伸一《しんいち》の、率直にして誠実な対話が、心の扉を開き、信頼を結んだのです。

佐藤優《まさる》氏は、週刊誌「ＡＥＲＡ《アエラ》」（２０２０年６月22日号）で連載されている「池田大作研究」で、先生の対話行動に言及《げんきゅう》しています。

「壁《かべ》に突き当たった場合、政治革命家はその壁を壊《こわ》そうとする。これに対して池田は、壁の向こう側《がわ》の人に対話を呼びかける。対話によって、壁の向こう側にいる立場が異《こと》なる者の中に理解者《りかいしゃ》を作ろうとする」

どんなに立場が異なろうと、「人間主義」「平和主義」の連帯を築いてきたのが、池田先生です。対話には、「壁」も「限界」もないのです。

忍耐強《にんたいづよ》い作業

伸一の願いに反して、初訪中・訪ソの後、中ソ対立は悪化の一途《いっと》をたどってしまいます。彼の対話は、すぐに花開いたわけではありません。

しかし、伸一《しんいち》は決して諦《あきら》めませんでした。20世紀を代表するイギリスの歴史学者トインビー博士から、次のように託《たく》されていたのです。

「米ソも、中ソも対立していますが、あなたが、ロシア人とも、アメリカ人とも、中国人とも対話を重ねていけば、それが契機《けいき》になって、やがてはロシア人とアメリカ人、ロシア人と中国人などの対話へと、発展《はってん》していくでしょう」（第16巻「対話」の章、216ページ）

伸一は、初訪中・訪ソの後も、中ソ両国の指導者と対話を重ねました。中国側から、ソ連を訪問することで中日の友情に支障《ししょう》をきたすと、苦言《くげん》を呈《てい》されたこともありました。

それでも、**「私は中国を愛してます。中国は大事です。同時に人間を愛します。人類全体が大事なんです」**（351ページ）と訴《うった》え、**「あらゆる人の『仏性《ぶっしょう》』を信じて、人類の平和を願う心を確信して語りかけ続けた」**（352ページ）のです。

ようやく春が訪れたのは、伸一が、中ソの〝懸《か》け橋《はし》〟として対話を開始してから15年後のことでした。

1989年（平成元年）5月、ソ連のゴルバチョフ書記長が、鄧小平《とうしょうへい》氏と会談し、遂《つい》に中ソ関係が正常化されたのです。伸一は、誰《だれ》よりも喜びました。

花はすぐ開くとは限りません。しかし、鉄のごとき強い信念を持ち続けながら、諦《あきら》めずに行動すれば、必ず開花します。**「大業《たいぎょう》とは、目立たぬ、忍耐強《にんたいづよ》い作業の繰《く》り返《かえ》しによって、成就《じょうじゅ》されるもの」**（357ページ）なのです。

「信義《しんぎ》の絆《きずな》」の章に、**「人類の幸福と世界の平和の実現が、広宣流布だ。私は仏法者として、そのために走り抜く」**（354ページ）とあります。私たちも、仏法者の使命に燃《も》え、「平和の道」を広げていこうではありませんか。

名言集

仏法者の在《あ》り方《かた》

人民のため、社会のために身を挺《てい》して戦う――それが菩薩《ぼさつ》であり、仏です。仏法者の在《あ》り方《かた》です。その行動のない仏教は、まやかしです。

（「友誼《ゆうぎ》の道」の章、74ページ）

普遍《ふへん》の鉄則《てっそく》

人間の生命を大切にし、人間を守るということ――それは、人類が生きていくうえの普遍《ふへん》の鉄則《てっそく》です。

（「友誼の道」の章、120ページ）

幅広《はばひろ》い交流

国家による政治や経済次元《けいざいじげん》の交流は、利害《りがい》の対立によって分断《ぶんだん》されてしまうことが少なくない。だからこそ、平和と友好のためには、民間による、文化、教育、学術などの幅広《はばひろ》い交流が不可欠である。

（「懸《か》け橋《はし》」の章、157ページ）

民衆《みんしゅう》こそ王

万人《ばんにん》に「仏」の生命をみる仏法は、本来、民衆《みんしゅう》を王ととらえる思想でもある。民衆が本当の主権者《しゅけんしゃ》となり、幸福を享受《きょうじゅ》できる社会の建設が、われらの広宣流布なのだ。

（「懸け橋」の章、204ページ）

歴史の必然《ひつぜん》

地球は一つである。人類も一つである。人間同士、手を取り合うことは歴史の必然《ひつぜん》である。

（「懸《か》け橋《はし》」の章、238ページ）

人間を結ぶ絆《きずな》

「誠実《せいじつ》」への共感に国境はない。「誠実」こそが、人間を結ぶ心の絆《きずな》となるのである。

（「信義《しんぎ》の絆」の章、318ページ）

初訪ソの際、モスクワ市内で子どもたちと交流する池田先生（1974年9月）

水面の向こう側に、中国の伝統的な建造物と柳の木が調和した光景が広がる――北京の釣魚台国賓館で池田先生が撮影した（1992年10月）

世界広布の大道
小説「新・人間革命」に学ぶIV

発行日　二〇二〇年九月八日

編　者　聖教新聞社　報道局
発行者　松岡　資
発行所　聖教新聞社
〒一六〇―八〇七〇　東京都新宿区信濃町七
電話〇三―三三五三―六一一一（代表）

＊

印刷・製本　大日本印刷株式会社

落丁・乱丁本はお取り替えいたします。

定価は表紙に表示してあります
ISBN978-4-412-01670-5